Antolin

Michail Krausnick

DER HAUPTGEWINN
oder
BÄREN FÜR DIE KETCHUPBOYS

mit Bildern von
Silvio Neuendorf

ELEFANTEN PRESS

Für Gisela, Mattias,
die Bärenbande und
....

365 Gewinnchancen
Das Leben ist rätselhaft!

Gisi ist ganz sicher. Irgendwann einmal wird sie gewinnen. Das hat sie sich fest vorgenommen. Ihr kleiner blöder Bruder lacht natürlich. Aber dem wird sie es schon noch zeigen. Mit einem richtigen, mit ihrem Hauptgewinn.

Ihre Chancen nämlich stehen überhaupt nicht schlecht. Die Illustrierten sind voller Rätsel. Und im Schnitt löst Gisi mindestens ein Preisausschreiben pro Tag. Das sind im Monat dreißig, im Jahr sogar dreihundertfünfundsechzig Gewinnchancen. Das muss man sich mal vorstellen.

Ihre Mutter mosert zwar: »Denk bloß nicht, dass dir das Glück in den Schoß fällt!« Aber das weiß Gisi ja auch selbst. Ohne Fleiß kein Preis ausschreiben.

Wissen muss man nämlich eine ganze Menge. Zum Beispiel:

Was reinigt porentief rein und ist so knusperknackig im Geschmack? Oder: Womit fängt der Morgen an? Oder: Was empfiehlt Frau Dankwert ihrer Schwiegertochter? Und was der Zahnarzt seiner Familie?

Fragen über Fragen. Gisi wird die richtigen Antworten bestimmt noch herausfinden. Genau wie das wahre Geheimnis einer wirklich wirksamen Busenpflege und das Gründungsjahr der ältesten Bierbrauerei. Und was sie noch nicht weiß, nun ja, da muss sie halt noch ein bisschen kombinieren, rubbeln, knobeln oder raten.

Tja, so ist nun mal das Leben. Rätselhaft, sehr rätselhaft. Aber auch schön. Das Leben ist schön, aprilfrisch und kuschelweich dank... dank... dank...?

Ja, wenn sie das jetzt wüsste. Punkt. Punkt. Punkt. Punkt. Ein Wort mit vier Buchstaben ...

Nein, das Glück fällt einem wirklich nicht in den Schoß. Vorher muss man ja sowieso erst noch eine Postkarte kaufen, den Gewinncoupon aufkleben, das Lösungswort schreiben, dazu die Anschriften, und zwar leserlich, was mindestens die doppelte Zeit kostet. Danach die Karte zum Briefkasten bringen, und was das Schwerste ist: wochenlang warten.

Ihr blöder kleiner Bruder aber nervt sie. Echt. Behauptet, sie würde ja doch nie gewinnen, nur alles Geld für Briefmarken verplempern und die Familie in Not und Elend stürzen. Aber das ist überhaupt nicht wahr, das Porto zahlt Gisi nämlich meistens selbst von ihrem Taschengeld. Und gewonnen hat sie schließlich auch schon mal: eine Probe mit Schönheitscreme. Die hat sie sich gleich ins Gesicht gerieben und hatte garantiert den ganzen Tag über eine frühlingsfrische Pfirsichhaut ohne Runzeln und Falten – doch keiner hat was gemerkt. Nur ihr kleiner blöder Bruder. »Pfui Spinne«, hat er geschrien, »was ist denn hier für ein Gestank! Bist du das, Gisi?«

Doch bevor sie ihm eine donnern konnte, hatte der elende Feigling schon die Tür hinter sich zugeknallt und war spurlos verschwunden.

Das Leben ist aufregend. Jeden Tag kann es läuten und der Geldbriefträger steht vor der Tür. Vielleicht auch ein schneeweißes Cabrio. Oder das Telefon klingelt. Und endlich, endlich der heiß ersehnte Anruf aus der Glückszentrale der Glücksspirale: Fräulein Gisi, wir gratulieren! Sie haben eine Traumschiffsreise in die Südsee gewonnen – für zwei Personen. Das mit den zwei Personen ist allerdings ein Problem. Weil, um Himmels willen, wen soll Gisi denn bloß mitnehmen? Mama oder Papa?

Im Augenblick wohl eher Papa, weil sich Mama grade mal wieder danebenbenommen hat und ungeheuer ranzig war. Nur wegen dem bisschen Nagellack im Teppichboden.

Dabei: Was spielt dieses klitzekleine rote Fleckchen denn überhaupt noch für eine Rolle, wenn sie sowieso bald umziehen? In die weiße Villa, die auf Gisi wartet. Und zwar, weil sie herausbekommen hat, welcher Kaffee mit sechs Buchstaben das goldene Verwöhnaroma hat. Na ja, nur noch 14 Tage, dann wird man ja sehn. Dann ist die Ziehung – falls noch mehr richtige Lösungen eingehen sollten.

Neulich allerdings war Gisi sehr traurig. Erstens, weil so schlechtes Wetter war. Zweitens alles so langweilig. Und die Schularbeiten, drittens, so entsetzlich zäh. Gerade an einem solchen Tag hätte sie dringend einen Hauptgewinn gebraucht. Statt dessen jedoch erwartete sie, viertens, noch ein weiterer Tiefschlag.

Gisi hatte im Briefkasten nämlich ein persönliches Glückslos der Klassenlotterie gefunden und ihrem Vater auf den Schreibtisch gelegt. Doch der, statt seine Chance zu ergreifen, was tat er? Erst beachtete er es überhaupt nicht, später nahm er es beiläufig in die Hand, warf nur einen kurzen Blick drauf und zerriss es kaltblütig über dem Papierkorb. Einfach so und dazu noch direkt vor Gisis Augen, die plötzlich voller

Tränen waren. Trotzdem hat sie nicht geweint, sondern geschimpft und ihren Vater gefragt, was er sich eigentlich dabei denkt und wie das mal werden soll, wenn er sein Glück immer nur mit Füßen tritt.

Da hat ihr Vater auf einmal ganz verdattert geguckt und wusste überhaupt nichts zu sagen. Aber nach einer Weile, als Gisi sich wieder abgeregt hatte, hat er sie plötzlich gepackt, in den Arm genommen, geküsst und dabei gemurmelt:

»'tschuldige, Gisi, aber ich sehe das etwas anders. Weißt du: Mein Glück, das will ich mir nicht erträumen. Das will ich sehen. Die Mama zum Beispiel, die ist mein Hauptgewinn, du bist mein großes Los und dein kleiner Bruder meine Riesenchance.«

Na ja, er hat eben sehr altmodische Ansichten, Gisis Herr Vater. Und versteht überhaupt nichts vom Träumen.

Ben und die Boys

Gisi, such dir einen aus!

Die Geschichte vom Hauptgewinn ist eigentlich noch eine Geschichte aus Gisis Kindheit. Seit ein paar Wochen nämlich hat sich ihr Leben total verändert. Heute sucht Gisi ihr Glück nicht mehr allein in Preisausschreiben. Und inzwischen weiß sie auch ganz genau, wen sie auf ihre Traumschiffsreise mitnehmen würde.

Gisi ist inzwischen nicht nur älter, sondern auch reifer geworden. Genau genommen seit dem Tag, an dem Ben in ihr Leben trat. Ben. Ben von den Ketchupboys – falls man das erklären muss.

Ihre Musik mochte Gisi schon lange. Und ihre Videoclips waren echt geil. Aber es gab eben noch andere boy groups, die ihr gefielen. Zum richtigen Fan wurde sie erst durch Anja. Anja ist Gisis beste Freundin.

Wie meistens saßen sie bei Anja im Wohnzimmer, hatten den Musikkanal gedrückt und wie immer auf volle Lautstärke gestellt. Das machte nichts, denn Anjas Mutter war im Büro und die Wände des Hauses waren ziemlich dick. Der Rhythmus steckte sie so an, dass sie vor dem Fernseher mittanzten. Und Anja, die viele Songs auswendig konnte, sang sogar mit.

Wenig später, als sie kurz mal verschnaufen mussten und vor dem Fernseher auf dem Boden lagen, geschah es. Anja schob ein Video von den Ketchupboys in den Recorder und sagte: »Na los, Gisi, such dir einen aus!«

»Wie bitte?«, fragte Gisi.

»Natürlich einen von den fünf! Freie Wahl! Also los. Wer ist dir der Liebste?«

»Der Liebste?«

»Ja. Du kannst jeden haben. Außer Phil. Der ist nämlich meiner.«

Gisi überlegte nicht lange. Für sie war es keine Frage, wer am süßesten aussah und beim Tanzen die besten Bewegungen draufhatte:

»Der da!«

An diesem Tag schrieb Gisi in ihr Tagebuch: »Wenn ich gewinne, werde ich Ben mit auf die Reise nehmen. Ihn ganz allein. Nach Bali oder Hawaii. Am besten aber auf eine total einsame Insel.«

Es war unglaublich, wie toll er tanzen und singen konnte und dabei nie außer Atem kam, sondern ganz locker und cool wirkte und wahnsinnig lieb aussah.

Anja war einverstanden mit Gisis Wahl. Sie meinte zwar, er sei bei weitem nicht so sexy wie Phil. Phil habe einen knackigeren Po und den optimalen Waschbrettbauch. Aber wenn Ben in Zukunft ein wenig mehr Bodybuilding treiben würde, könnte es ja noch werden. Trotz allem aber sei er bestimmt eine gute Wahl, intelligent und riesig nett. Für sie komme Ben sowieso nicht in Frage, da sie gegen allzu blonde Jungen eine Allergie habe. Daran sei wahrscheinlich ihr Cousin Jonas schuld.

Gisis Zimmer macht ihre innere Veränderung mit. Nach und nach ziehen sämtliche Ketchupboys bei ihr ein: Hank, Andrew, Lester, Phil und Ben. Ihre Mutter schüttelt nur noch den Kopf. Weil Gisi nacheinander alle alten Bilder abhängt und um Reißzwecken bittet. Miró sei doch so ein großer Künstler, meint sie mit einem leichten Klageton in der Stimme, und die Giraffe von Mordillo habe ihr doch schon als Baby so gut gefallen. Doch Gisi braucht Platz für Plakate, Poster und Zeitungsausschnitte. Vier Wände sind

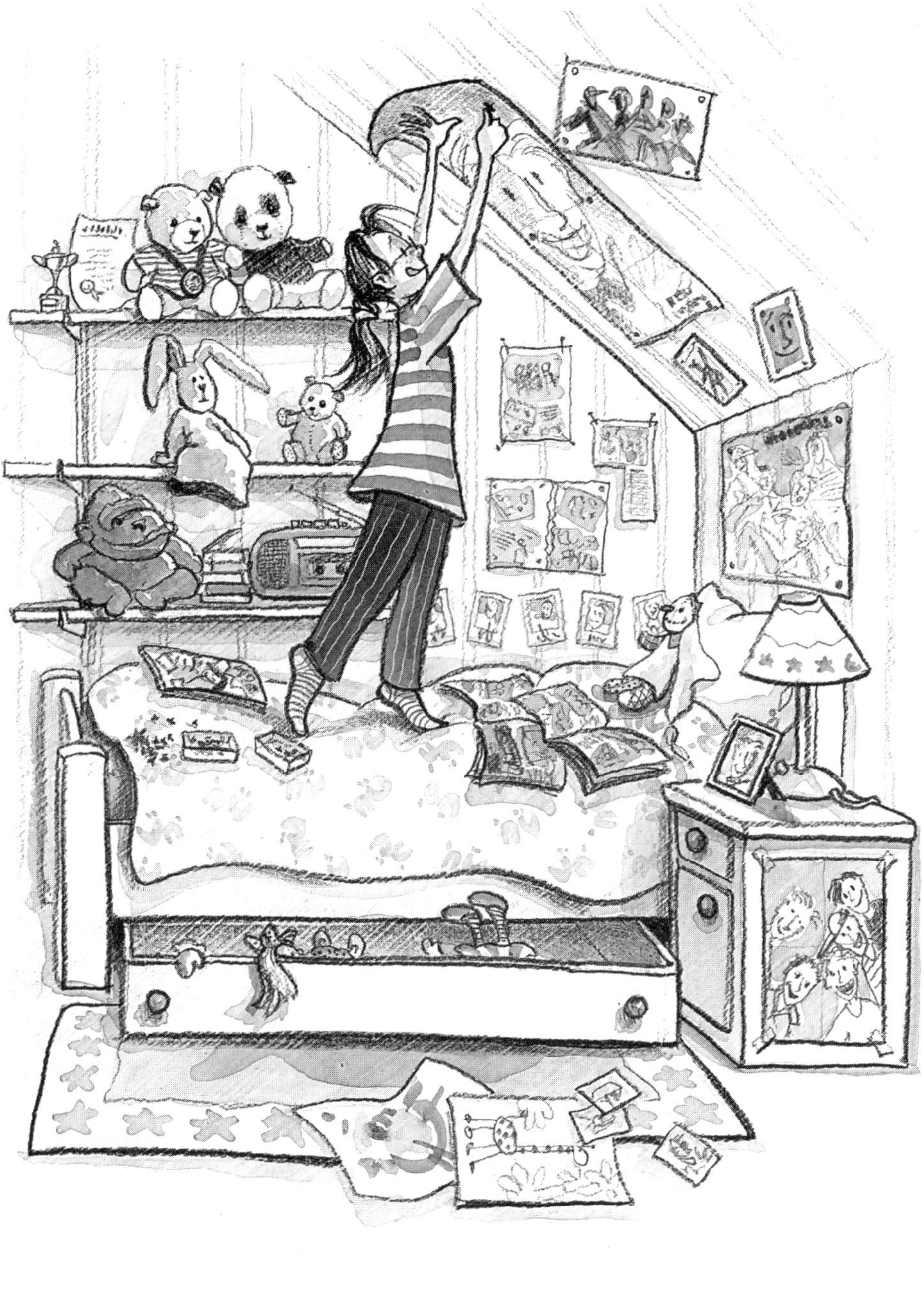

halt ein wenig zu wenig für fünf Ketchupboys. Auch das Bild von ihrem Bruder Taco in der Schiffschaukel muss dran glauben. Und überhaupt, wozu braucht sie die Fotos ihrer Eltern? Mama und Papa sieht sie doch dreimal täglich, dazu noch live. Also bitte, Platz für die boys! Und ihr Liebster bekommt natürlich einen Ehrenplatz: direkt in der Dachschräge über ihrem Bett. Sodass sie sich abends vor dem Schlafengehen von ihm verabschieden und ihn am nächsten Morgen wieder begrüßen kann. »Guten Morgen, du Schöner!«

Ihre Puppen werden nach und nach im Kasten unter dem Bett verstaut. Sogar ihre Heul- und Quietschpuppe Lilo-Lilofee. Und sämtliche Barbiepuppen und die dazugehörigen Kens vererbt sie ihrem Bruder.

Allerdings, als Gisi auch ihre Bären, Hasen und Enten von den Regalen verbannen will, schaut Hugo Hubert Hubbsie, der Hase, sie so bitterböse an, dass sie sofort ein schlechtes Gewissen bekommt. Ihr Bruder Taco hat sich die samtweiche Fellpuppe über die Hand gezogen und lässt ihn mit seinen superlangen Ohren wackeln:

»Hörn Sie mal, Fräulein Gisi, das können Sie doch nicht machen mit uns. Das ist doch seelische Grausamkeit! Ein Verstoß gegen sämtliche Hasen- und Bärenrechte.«

Hugo Hubert Hubbsie ist nämlich der intelligenteste Rechtsanwalt, den man sich vorstellen kann. Mitglied des Bundestages und aller auswärtigen Dienste der Welt.

Kein Wunder, dass er im Handumdrehn Erfolg hat. Er erkämpft das lebenslängliche Bleiberecht bei Gisi für:

1. Molly Pandatcheck of Scotland, die verträumteste Pandabärin der Welt. Obwohl sie noch nicht so genau weiß, ob sie auch wirklich ein Mädchen ist. Weil sie nämlich immer auch alle Jungens-Spiele mitspielen will. Und sie hat den Trick raus, wie man pausenlos sehr, sehr streichelbedürftig aussieht.

Molly hat übrigens noch einen Zwillingsbruder namens Alfons, genannt Älfchen. Er wohnt nebenan in Tacos Zimmer. Ob Alfons mehr ihr Bruder, ihr Kumpel oder ihr Geliebter ist, hängt von Mollys Tagesform und Stimmung ab. Von Älfchen wird später noch zu reden sein.

Die Pandatchecks kommen, wie Gisis Vater herausgefunden hat, aus einem schottischen Uradelsgeschlecht, stammen aber ursprünglich doch eher aus einer chinesischen Pandabärenfamilie. Wegen der Bambussprossenknappheit zur Zeit der Ping-Pong-Kaiser zogen sie auf der Seidenstraße und über die Alpen bis nach Schottland. Seither lieben sie Schot-

tenröcke, Schottenmützen und Dudelsäcke über alles.
Bei Gisi auf dem Regal hockt neben Molly
2. Eugenie Marie Stümmelchen, ein stummelschwänziges Bärenweibchen. Ihr Fell ist pinkrosa eingefärbt. Sie schmachtet unablässig verliebt aus ihren schwarz glänzenden Glupschaugen und ist ungeheuer knutsch- und kusswütig. Aber Vorsicht! Eugenie hat alleweil Hochzeitsglocken im Ohr!!! In ihrem Kopf hat sie ständig nur Bärenmänner, sodass sie nicht mal weiß, wie man Bananen öffnet.
Das braucht sie auch gar nicht, denn neben ihr sitzt
3. Oliver Otto Quetschmaul, der affenartig gut Bananen öffnen kann, was er im Urwald gelernt hat. Er soll dort sogar mit Tarzan und Jane Filme gedreht haben. Quetschmaul hat, wie der Name schon sagt, eine Superschnute, weil ihm in seiner Kindheit beim Aus-dem-Fenster-Schauen ein Rollladen haarscharf vor der Nase runtergerasselt ist. Vielleicht war es ja auch eine Straßenbahn, die auf seiner Oberlippe eine Bremsspur hinterlassen hat.
Quetschmaul hält einen guten Freund im Arm, einen typischen Teddy. Es ist
4. Pu der Weltmeister, der sehr traurig sein kann, wenn jemand seine sportlichen Meisterleistungen be-

zweifelt, was man niemals tun sollte, um sich seine vorwurfsvollen Bärenblicke zu ersparen. Pu sammelt Abzeichen, Medaillen, Pokale und Ehrenurkunden. Er ist Teilnehmer aller Olympiaden und anerkannter Bezwinger sämtlicher Eis- und Schneegipfel. Den Panda Nargat ist er in nur zehn Komma null Sekunden hochgerannt. Außerdem hat er in Bärlin den goldenen Bären gewonnen, mit seinem selbstgedichteten Song:

Schneebedeckte Berge –
und ne Molly,
die da runter rodelt –
Di-di-di-ti...!

Worüber sich Molly wahnsinnig ärgern kann.

Hugo Hubert Hubbsie gelingt es, wie gesagt, in letzter Minute, Gisi von ihrer bärenfeindlichen Wegräumwut abzubringen. Wie? Ganz einfach: Indem er den *Ben-und-Gisi-Fanclub* gründet. Alle Kuscheltiere müssen feierlich schwören, dass die Lieder der Ketchupboys die besten sind und dass sie nur noch deren CDs kaufen wollen.

Als er Gisis Einverständnis hat, hoppelt Hubert sofort in Tacos Zimmer und geht mit ihm gemeinsam an den Computer, um für alle Fans und solche, die es werden wollen, Mitgliedsausweise zu entwerfen. Natürlich bekommt Molly den ersten:

VIP-Ausweis

Mitglieds-Nr. 00001

für

*Fräulein
Molly Pandatchek of Scotland*

GISI & BEN
Ketchupboys Fan-Club

gez. Hugo Hubert Hubbsie
(Präsident)

Nicht übertragbar

Der Fanclub wächst
Bären für die Ketchupboys!

Seit Ben in Gisis Leben getreten ist, sind Mama und Papa plötzlich viel älter geworden. Sie sehen die falschen Programme, lesen die falschen Zeitungen, hören die falsche Musik, haben überempfindliche Ohren. Und überhaupt kein Feeling für erforderliche Lautstärken.

Hoffnungslos.

Beim Computerspielen zeigt sich ihr rapider Verfall am deutlichsten. Sie kommen einfach nicht mit. Keine Reaktionsfähigkeit. Selbst Papa erweist sich am Joystick als absolute Niete. Während Mama sich überhaupt nichts merken kann und ganz verzweifelt auf der Tastatur den Klammeraffen sucht. Sie braucht das @ immer dann, wenn sie mal einen elektrischen Brief an ihre Freundin nach Amerika schicken will. Und dann schreit sie wie ein Baby nach der Flasche: »Taco! Taco! Taco!«

Ihr Bruder nämlich ist computermäßig weder klein noch blöd, sondern ein absolutes Ass. Fast schon ein Wunderkind. Das muss selbst Gisi zugeben.

Im Internet hat Taco sofort die Homepage der Ketchupboys entdeckt. Da finden sich jeden Tag die neuesten Infos über die große Welttournee. Man kann per Mausklick Fotos abrufen und auch erfahren, ob und wo es noch Karten gibt. Oder wie es heute um ihre Gesundheit steht. Ben zum Beispiel hat sich vorgestern beim Reiten den Knöchel verstaucht, musste gestern mit dem Fitnesstraining aussetzen und einen Autogrammtermin in Glasgow absagen. Aber inzwischen ist er zum Glück schon auf dem Weg der Besserung.

Taco hat Gisi sogar beigebracht, wie man ins Internet reinkommt. Und auch, wie man wieder rauskommt. Und vor allem, wie man die Kiste wieder ausschaltet. Ohne dass Papa etwas merkt.

Manchmal ist er eben doch ganz okay. Und brauchbar. Der kleine blöde Bruder.

Als die anderen Stofftiere mitkriegen, dass Taco richtig echte Ausweise machen kann, wollen sie natürlich

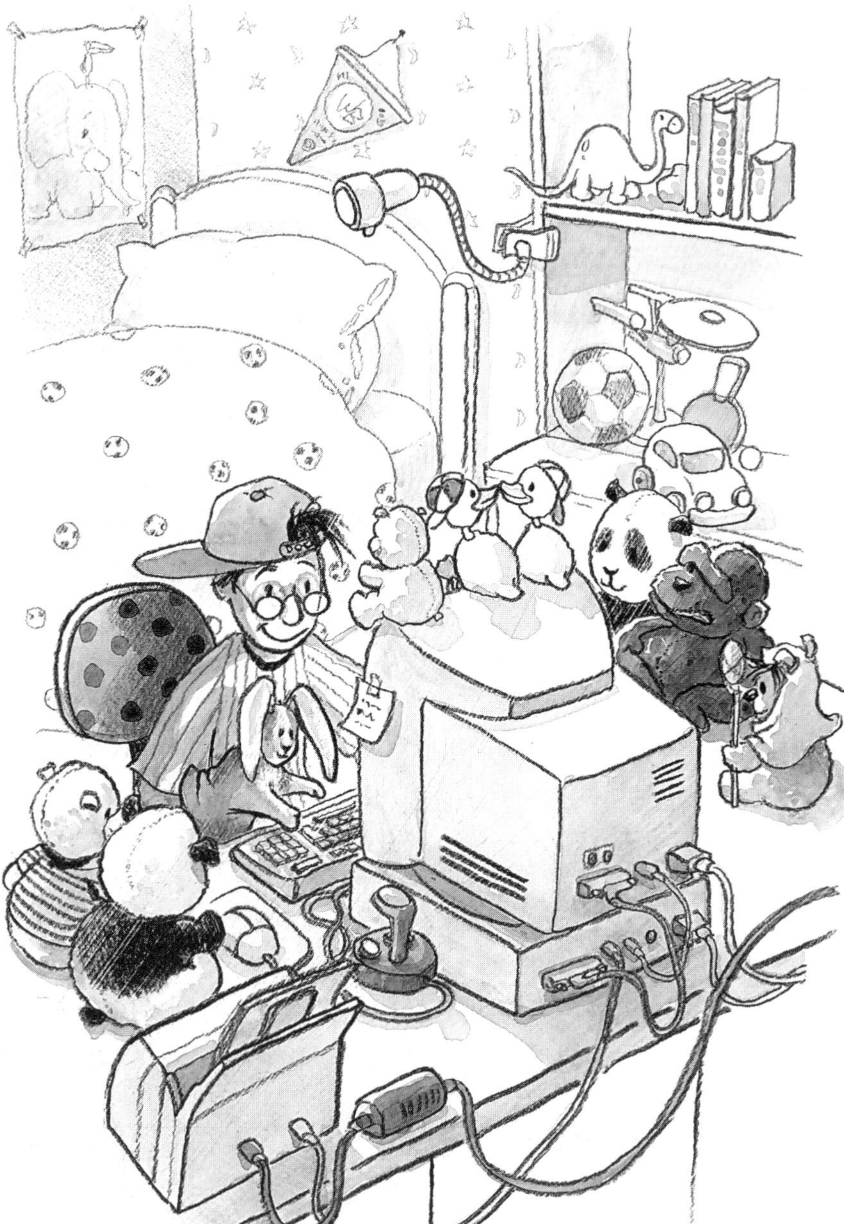

nicht abseits stehen, sondern auch mit im Fanclub sein. Auch sie verstehen schließlich eine Menge von Musik und haben geschworen, ihr ganzes Leben lang nur noch die Ketchupboys zu hören. Und so muss Hugo Hubert Hubbsie auch in Tacos Zimmer alle Kuscheltiere fotografieren und jedem einen VIP-Ausweis ausstellen.

Den ersten bekommt natürlich derjenige, der sich am besten vordrängeln kann:

1. Alfons Pandatcheck of Scotland, genannt Älfchen. Er ist, wie wir bereits wissen, Mollys Zwillingsbruder, manchmal ein leidenschaftlich von ihr geküsster und manchmal ein ebenso leidenschaftlich verprügelter.

Da er nicht ganz schwindelfrei ist, verabscheut Alfons das Karussellfahren in Waschmaschinen. Deshalb ist sein Fell schon etwas gräulich, genau an den Stellen, die bei Molly noch weiß sind. Aber das Grau trägt er mit der Würde seines fortgeschrittenen Alters.

In erster Linie ist Älfchen frech und vorlaut. Andererseits fühlt er sich meistens verkannt. Älfchen hat in Schottland das Finanzwesen studiert und würde gern wie Dagobert Duck im Geld schwimmen. Deshalb spekuliert er mit Taschengeld und verwettet Erbschaften, die ihm gar nicht gehören.

Der Nächste, der als Mitglied in den Ben-und-Gisi-Fanclub aufgenommen wird, ist:
2. Wickett W. Warrick, der Ewok, bekannt aus dem Hollywoodfilm *Planet der Bären* (in der Hauptrolle als Leibwächter und edelmütiger Retter des amerikanischen Präsidenten). Wickett sieht zwar wie eine bärbeißige Horrorgestalt aus, ist aber ein hochsensibles Zottelmonster. Wenn man nämlich seine Haare aus dem Gesicht streicht, hat er sehr feuchte Augen, die speziell für die rosafarbene Eugenie glänzen. Wickett hält ein großes Plakat in seinen Tatzen. Darauf steht: Bären für die Ketchupboys!

Und schließlich hängt Taco auch seinen beiden Erpeln jeweils einen Ausweis um den Hals:
3. Fips und Flips. Die beiden Jung-Enteriche sind eigentlich Drillinge wie Donald Ducks Neffen Tick, Trick und Track. Leider haben sie Flaps, ihren dritten Illing, beim Dukatentauchen verloren. Um den Verlust wieder gutzumachen, sind Fips und Flips leidenschaftliche Ärzte geworden. Sie wollen ständig die ganze Menschheit retten und heilen, am liebsten aber amputieren (sogar bei Bauchschmerzen). Dafür kassieren sie die höchsten Honorare in ganz Heidelberg.

Was die Ketchupboys betrifft, hat Gisi damit die Mehrheit der Musikliebhaber im Hause bereits fest auf ihrer Seite. Bären, Hasen und Erpel verstehen eben etwas von guter Musik. Ganz im Gegensatz zu Gisis Eltern. Aber die sind ja nur eine verschwindend kleine Minderheit.

Karaoke

Hier sind die Ketchupgirls!

Gisis Lieblingssendungen im Fernsehen wären *Lindenstraße, Verbotene Liebe, Gute Zeiten – Schlechte Zeiten* und *Marienhof*. Wenn sie die sehen dürfte. Bei sich zu Hause kann Gisi nämlich keine Soaps gucken. Nicht, dass die Eltern es ihr regelrecht verboten hätten. Offiziell nicht. Aber sie rümpfen derartig die Nasen darüber, dass Gisi allein davon schon der Spaß vergeht. Oder erinnern mitten in der zärtlichsten Umarmung säuerlich an nicht gemachte Schularbeiten. An Vokabeln, die sie noch abhören wollen. Das macht natürlich jede Stimmung kaputt.

Das Wichtigste erfährt Gisi zum Glück ja stets am nächsten Morgen in der großen Pause. Warum wer wie, wo wer mit wem, wieso wer was, oder auch, wer gerade wen mit wem betrügt. Anja jedenfalls ist immer bestens informiert. Rund um die Uhr darf sie glotzen. Keiner macht ihr Vorschriften.

Anja sei ein schlechter Einfluss, sagen die Eltern. Tatsache, stimmt!, denkt auch Gisi manchmal. Und andererseits: Irgendwer muss es ja sein.

Anja ist schon wesentlich weiter als sie. Ein halbes Jahr älter. Da kann sie eine Menge lernen. Gut, dass es sie gibt. Mit ihr kann Gisi ganz offen über die Ketchupboys reden. Oder sich stundenlang streiten, wer von den Fünfen der Süßeste, Coolste, Stärkste, Schönste, Witzigste, Zärtlichste, Geilste ist. Vor allem aber: tausend Pläne schmieden, wie man in ihre Nähe kommen könnte.

»Ich würde gern einmal backstage sein.«

»Was???«

»Wenn wir sie erst mal kennen, dürfen wir bestimmt auch hinter die Bühne. Backstage. Hinter die Kulissen schauen ... mit dem Manager sprechen. Dabei sein bei den Proben, in der Garderobe, wenn sie geschminkt werden, wenn die Mikrofone und alles gerichtet werden, Lichtcheck, Soundcheck ... ganz cool und locker sollen sie da sein, richtig natürlich, und immer Witze machen, hat eine Reporterin geschrieben ... also richtig süß, vor allem Phil ... wär eine echte Ulknudel ...«

»Oje, wir werden sie wahrscheinlich niemals kennen lernen ... Millionen Mädchen auf der ganzen Welt wollen schließlich in ihre Nähe.«

»Na ja ... Phil und Ben müssten natürlich irgendwie auf uns aufmerksam werden ...«

»Wie denn?«

»Wir müssen uns eben etwas einfallen lassen. Zum Beispiel, wenn wir noch zwei, drei Mädchen fänden, in unserem Alter, die genauso gut tanzen und singen können ... dann ...«

»Was dann?«

»Dann könnten wir eine Girlie-Band gründen. Wir dichten die Ketchup-Songs einfach ein bisschen auf uns um und schicken ihnen ein Demo-Tape ...«

»Ein was ...?«

»Ein Probeband. Oder wir brennen eine CD ... Du, vielleicht engagieren sie uns dann ja, als Vorgruppe, dann wären wir immer in ihrer Nähe.«

»So gut sind wir doch gar nicht ...«

»Wieso? Schließlich kennen wir fast alle Songs auswendig. Und wenn wir noch ein bisschen üben ... Das geht schneller, als du denkst. Vielleicht laden sie uns dann ja auch nach Florida ein, in ihre Studios ...«

In den nächsten Tagen treffen sich Gisi und Anja regelmäßig zum Karaoke-Training. Auf einer Cassette haben sie die Musik der Ketchupboys, ohne Stimmen. Dafür singen sie jetzt. Das ist ein ungeheuer starkes Gefühl!

Doch was ist die schönste Musik ohne Zuhörer? Gisi klopft an Tacos Tür.

»He, Taco, wir geben ein Konzert, willst du uns mal hören?«

Taco spielt gerade ein Computerspiel: Fußball gegen Hugo Hubert Hubbsie. Bundesliga, 37. Spieltag. Hugo Hubert ist nämlich Trainer von Werder Bremen. Und Taco der Coach vom 1. FC Köln. Beide Vereine sind mal wieder im Kampf gegen den Abstieg. Und mitten im Spiel hat Taco natürlich keine Zeit. Er muss gerade eine Ecke schießen.

»Raus!«, brüllt er. »Raus!«

Nach einer Weile wagen sie einen zweiten Versuch. Und Anja macht einen absolut dummen Vorschlag: »Du kriegst auch eine Tüte Gummibärchen!«

Da kriegt Taco fast einen Schreikrampf: »Raus, raus, raus! Kannibalen raus aus unserem Haus!«

»Frechheit! Empörend!« Hugo Hubert Hubbsie senkt den Kopf und trommelt gegen Anjas Arm. »Vielleicht auch noch Schokoladenosterhasen, oder was?!«

Taco kann es nämlich überhaupt nicht ausstehen, wenn Gummibärchen verspeist werden. Allein schon, dass es Gummibärchen gibt, findet er gemein und schamlos. So etwas verstoße gegen die Bärenrechte. Da kann er richtig wütend werden. Wenn es um Bären geht, versteht er keinen Spaß. Da schwillt sein Kopf und seine berühmte Zornesader tritt hervor. Am liebsten würde er den Tierschutzverein anrufen.

Anja will erst lachen, aber als sie sieht, wie ernst es Taco meint, verkneift sie es sich lieber. »Also gut, Lakritzschnecken. Oder Weingummi ...«

Taco zuckt die Achseln. Er ist noch immer tief verletzt. Aber Älfchen brummelt: »Na ja, wir könnten ja vorsichtshalber schon mal Eintrittskarten drucken und an alle Fans verkaufen.«

»Cool!«

Gisi und Anja haben den Konzertsaal schon ausgeschmückt, Rolläden runtergelassen, alle Lampen mit bunten Tüchern verhängt, Lautsprecher und Mikrofone angeschlossen und ein paar Taschenlampen auf den Boden gelegt. Als Rampenlicht.

»Wir müssen nur noch schnell mal backstage!«, sagt Gisi aufgeregt und Anja erklärt: »Schminken und Umkleiden, in die Garderobe!« Und schon sind beide im Badezimmer verschwunden.

Taco trommelt derweil die Fans zusammen und postiert die Kuscheltiere in Zuschauerreihen auf Gisis Bett. Älfchen macht mit seinen Eintrittskarten wieder einmal ein Bombengeschäft. Hugo Hubert Hubbsie kontrolliert die Fanclub-Ausweise und Wickett W. Warrick überwacht als Sicherheitsexperte den Eingang. Und kriegt von Eugenie Marie erst mal eine geschmiert, weil er ständig ihr rosafarbenes Fell befummelt. Angeblich, um es nach Sprengstoff zu durchsuchen. Was sich bei einer anständigen Dame aber einfach nicht gehört. Die medizinisch geschulten Jung-Erpel Fips und Flips dagegen stehen als Rotkreuz-Sanitäter neben der Bühne. Für den Notfall. Falls es zu Ohnmachtsanfällen oder Frühgeburten kommt.

Dann endlich bewegt sich die Gardine ein wenig. Die Spannung steigt ins Unermessliche und über Lautsprecher ertönt die Ansage: »And now, ladies and gentlemen. Hier sind sie, frisch aus den Staaten, auf Welttournee – die Ketchup-Girls!!!«

Taco klatscht begeistert in die Hände. Doch damit ist Gisis Stimme nicht einverstanden:

»Halt! Stopp!«, tönt es aus dem Lautsprecher. »Neeeneeeneee, Taco! Kreischen, ihr müsst kreischen! – Also noch mal! Bitte!«

Erneut meldet sich die Ansage: »... frisch aus den Staaten, auf Welttournee – die Ketchup-Girls!!!«

Hugo Hubert klatscht, Taco trampelt mit den Füßen und Alfons kreischt wie eine ganze Bärenbande.

Und zur Unterstützung kreischen auch Anja und Gisi noch ein bisschen mit.

Dann lassen sie die Musik losfetzen. Die Schreibtischlampe blitzt und flackert, dass sich die Zuschauer die Augen reiben müssen. Gisi und Anja sind kaum wieder zu erkennen. Sie haben dicke rote Lippen, Sonnenbrillen und verkehrt herum aufgesetzte Baseballmützen. Ihre Blusen haben sie sich so geknotet, dass vor allem ihre Bauchnäbel zu sehen sind. Dazu Turnschuhe und enge, kurze Jeans. Sie zucken, stampfen und hüpfen über die Bühne, dass es sämtlichen Bären den Atem verschlägt. Eugenie Marie Stümmelchen und Oliver Quetschmaul bekommen glänzende Glupschaugen und Hugo Hubert Hubbsie näselt: »Professionell, wirklich pro-fes-si-o-nell!«

Doch dann greifen Gisi und Anja zu den Mikrofonen, tanzen und singen: »Come on, my girl ...«, »Bye-bye, little Anna«, »Kissing for money« und »Wake up alone«.

Außer Atem liegen die beiden Pop-Stars hinterher zusammen mit allen ihren Fans auf Gisis Bett.

»Na, wie fandest du uns?«

Taco zuckt die Achseln. Dafür antworten Molly und Alfons wie aus einem Mund: »Bärenstark! Honigsüß! Eisbärcool!« Und Eugenie Marie jubelt: »Das beste Konzert meines Lebens!«

»Ja, ja, ja, so richtig schön sexy!«, findet Quetschmaul.

Wofür er von Eugenie sofort einen Patsch aufs Fell erhält: »Lüstling, unverschämter Lüstling!«

Aber im Grunde sind natürlich alle total begeistert von den Ketchup-Girls. Und selbst Pu, der Weltmeister, muss zugeben: »Fast so gut wie ich! Damals, als ich auf der Bärlinale in Bärlin als bester Sänger einen goldenen Bären bekam.«

Fips und Flips, die Sanitäter, konnten leider niemanden retten. Vor lauter Begeisterung sind sie selber in Ohnmacht gefallen. Sie liegen noch immer im Koma.

Gisi und Anja aber sind überglücklich. Ihr erstes Konzert. Ein überragender Erfolg.

»Und du, Taco, was meinst denn du?«, fragt Anja. »Sollen wir das Band gleich mal den boys nach Florida rüberreichen?«

Doch der wiegt bedenklich den Kopf. »Na ja. Ich weiß nicht ... Besser erst noch mal reinhören!«, meint er und nimmt die Kassette aus dem Recorder. »Studioqualität ist es wohl noch nicht ganz.«

Als Gisi und Anja enttäuschte Gesichter machen, greift Hugo Hubert Hubbsie ein: »Technisch gesehen!«, sagt er diplomatisch. »Rein technisch gesehen!«

Als sich der Saal geleert hat und auch die letzten Fans in Tacos Zimmer abgezogen sind, hören Gisi und Anja in aller Ruhe die Kassette ab. Zuerst sind sie dabei allerdings ziemlich still. Fast stumm.
Nach einer Weile aber platzt es aus ihnen heraus.
»Das soll ich sein?«
»Neee, das bin ich ...«
»Ouijee! Wirklich?«
»Meine Stimme hab ich mir eigentlich viel voller vorgestellt.«
»Das Quietschen kommt von den Turnschuhen!«
»Entsetzlich, grauenhaft ...«
»Bestimmt ist der Recorder kaputt ...«
Doch nach einiger Zeit legt sich ihre anfängliche Verzweiflung wieder.
»Aber das Tanzen war okay!«
»Ja ja, tanzen können wir!«
»Und wie!«
»Weißt du, eigentlich müssten wir nur noch ein bisschen Gesangsunterricht nehmen.«
»Genau. Und danach machen wir es dann richtig. Im Studio. Mit Mischpult. Und Computern!«
»Genau. Auf Video. Was meinst du, wie das fetzt, wenn wir mit richtigen Profis arbeiten!«

Männer!!!
... aber dann knall ich ihm eine!

Näher, immer näher kommen sie. Die Ketchupboys sind in Europa gelandet. Große Pressekonferenz in Amsterdam. Doch was soll das denn? Gisi erkennt sie kaum wieder. Keine Turnschuhe, keine T-Shirts, keine kurzen Hosen, keine Baseballmützen. Alle fünf tragen Designeranzüge und richtige Krawatten. Sie haben die Haare gefettet und glatt nach hinten gekämmt. Für Gisi ist es fast ein kleiner Schock: Ben sieht plötzlich sehr fremd und auch viel älter aus.

Doch Anja erklärt, das alles sei nur ein Gag. Damit wollten sie nur die Presse verwirren. Und allen spießigen Eltern eins auswischen. Es sei gewissermaßen so ein Ach-den-hätte-ich-ja-wirklich-gern-als-Schwiegersohn-Look. Sie jedenfalls fände es cool.

Und damit muss jetzt endlich einmal von Carsten die Rede sein. Carsten ist der einzige einigermaßen coole Junge in Gisis Schule. Zwei Klassen über ihr. Er wohnt nebenan. Das ist nicht unpraktisch. Manchmal hilft er ihr bei den Matheaufgaben. Das ist noch praktischer. Carsten kann nämlich ganz genau erklären, weshalb aquadrat plus bequadrat cequadrat ergibt. Fast wie ein Lehrer – ohne dass man es begreift. Was ja auch irgendwie für seine überlegene Intelligenz spricht.

Vor allem aber gibt er zu, dass die Ketchupboys derzeit die coolste Band sind. Und wenn Gisi findet, dass Ben mit dem neuen Haarschnitt total süß aussieht, meint Carsten das auch. Oder widerspricht zumindest nicht. Solche Jungs fehlen in Gisis Klasse. Und obwohl er sie wahrscheinlich wahnsinnig liebt, hat Carsten volles Verständnis, dass Ben den ersten Platz in ihrem Herzen einnimmt und er selbst sich keinerlei Hoffnungen machen darf.

Carsten besorgt Gisi immer die neuesten Zeitungsausschnitte über die Ketchupboys, aber auch Poster, T-Shirts und Bügelbilder. Per Videotext und Internet findet er heraus, wann ihre Videoclips in den Musikkanälen laufen, und telefoniert es ihr oder Anja durch.

Eigentlich ist Gisi sehr zufrieden mit der Situation.

Doch Anja mäkelt: »Irgendetwas stimmt da ja wohl nicht – bei deinem Carsten.« Anja kennt die Männer. Schließlich guckt sie ja immer die Vorabendserien im Fernsehen.

»Das gibt's doch gar nicht. Dass einer überhaupt nichts will. Das ist doch irgendwie ... nicht normal, oder?«

Eigentlich ist es Gisi bislang überhaupt noch nicht aufgefallen. Aber Anja hat Recht. Es stimmt. Carsten will gar nichts von ihr. Nicht kuscheln, nicht küssen, nichts. Und es sprühen auch keine Funken, wenn er ihr die Hand gibt. Es ist zum Verzweifeln. Dass Männer so kompliziert sind. Obwohl alle schon über Carsten und sie reden. Und ihr kleiner blöder Bruder ständig vom Herrn Schwager spricht.

»Vielleicht ist er nicht normal«, sagt Anja. »Das musst du unbedingt rauskriegen!« Und dann wieder: »Gib doch zu, Gisi, gib zu, dass er schon mal ...«

»Schon mal was?«

»Na ja ... geknutscht und so ...?«

»Wehe! Wenn er das versucht, knall ich ihm eine!«

Trotzdem, denkt Gisi an diesem Abend kurz vor dem Einschlafen, trotzdem, versuchen könnte er es wirklich mal. Wenigstens ein bisschen.

Oder liegt es wieder mal an mir? Vielleicht muss ich ihn verführen? Wie die Schwarzhaarige im Marienhof. Mit dicken Lippen und einem sehnsüchtigen Blick. Bis er nicht mehr anders kann.

Und dann ..., kichert sie in sich hinein, ... dann knall ich ihm eine! Aber richtig!

Vergnügt kuschelt sie sich in ihr Kissen und beschließt, davon zu träumen. Von Carsten. Wie sie ihn verführt und seine Zudringlichkeit bestraft.

Doch dann träumt sie von Ben. Wie meistens, in ihrem letzten, dem Kurz-vor-dem-Aufgeweckt-werden-Traum. Und beim Zähneputzen ist Gisi klar: Ihr Herz gehört Ben. Ihm ganz allein. Carsten bleibt auf der Reservebank.

Niemals könnte er so zärtlich sein, so lieb und so süß, wie Ben – in ihren Träumen.

Eltern und andere Grufties
Dafür bist du noch zu jung!

Im Grunde hat Gisi nur noch einen einzigen Wunsch: endlich einmal live dabei sein. Nur bei einem einzigen Konzert. Seit der Vorverkauf für die Deutschlandtournee eröffnet ist, sitzt sie ihren Eltern im Nacken.

Aber die Eltern sind einfach zu dröge.
»Bist du nicht noch ein bisschen jung dafür?«
»Was kostet so eine Karte denn überhaupt?«
»Achtzig!«
»Wie bitte?«
»Achtzig Mark, bist du wahnsinnig? Für eine Karte!«
»Sind da wenigstens die Kopfschmerztabletten und das Ohropax mit drin?«

»Und wer zahlt das Fahrgeld?«
»Wer? Keinen Pfennig müsst ihr zahlen. Ich nehm's von meinem Sparbuch.«
»Sparbuch?«, fragt die Mutter. »Das Sparbuch heißt Sparbuch, weil man das Geld spart. Und nicht unnütz vergeudet.«
»Lies lieber ein gutes Buch«, grummelt ihr Vater. Doch der ist sowieso nicht auf dem Laufenden.
»Werd erst mal ein Teenager, Gisi, bis dahin hast du noch sehr, sehr viel Zeit.«
»Du bist dafür einfach noch zu jung!«
Zu jung. Lächerlich! Dabei entwickelt Gisi bereits geheime Pläne in ihrem Tagebuch. Für den Tag X. Wenn die Ketchupboys endlich nach Deutschland kommen. Nach Mannheim in den Rosengarten. Nach Frankfurt aufs Messegelände. Oder in die Jahrhunderthalle in Höchst.

Klar, dass sich Gisi an jedem Preisausschreiben in den Musik- und Fan-Zeitschriften beteiligt. Obwohl sie eigentlich fast schon von ihrer Sucht geheilt ist. Doch Ausnahmen bestätigen die Regel. Und wo immer eine Karte oder ein Backstage-Besuch als Hauptgewinn winkt, wird sie rückfällig. Doch bislang hat sie noch nicht mal einen Cornflakes-Teller gewonnen. Und das schöne Spannbetttuch mit den fünf Ketchupboys leider auch nicht.

Dennoch: Gisi gibt nicht auf.
Solange wir hoffen –
ist alles noch offen!
Zu jung – so ein Blödsinn! Das Konzert ist doch erst in zwei Monaten. Da ist sie ja sowieso schon älter.
Und überhaupt: Gisi hat sich fest vorgenommen, bis zum Konzert noch ein wenig zu wachsen.
Älter werden ist nicht schwer.
Jeden Tag ein bisschen mehr!
In Wirklichkeit ist es nämlich genau umgekehrt: Nicht sie ist zu jung. Sondern einige andere zu alt. Da liegt das Problem.

Auch Anja hat sich bereits Gedanken über das Altenproblem gemacht: »Wir brauchen möglichst hohe Schuhe mit Absätzen. Schminke, Lippenstift, Nagellack. Gegen dreizehnjährige Grufties kommen wir sonst nicht an.«

Das erste Probeschminken findet bei Gisi statt. Anja hat den blauen Kosmetikkoffer ihrer Mutter mitgebracht.

»Keine Bange, das krieg ich schon hin!«

Fachmännisch rückt sie die Spiegel und Lampen zurecht. Gisi ist als Erste dran.

Als Gisi sich im Spiegel sieht, ist sie entsetzt. Wie meistens. So ein flaches, ausdrucksloses Gesicht! Das

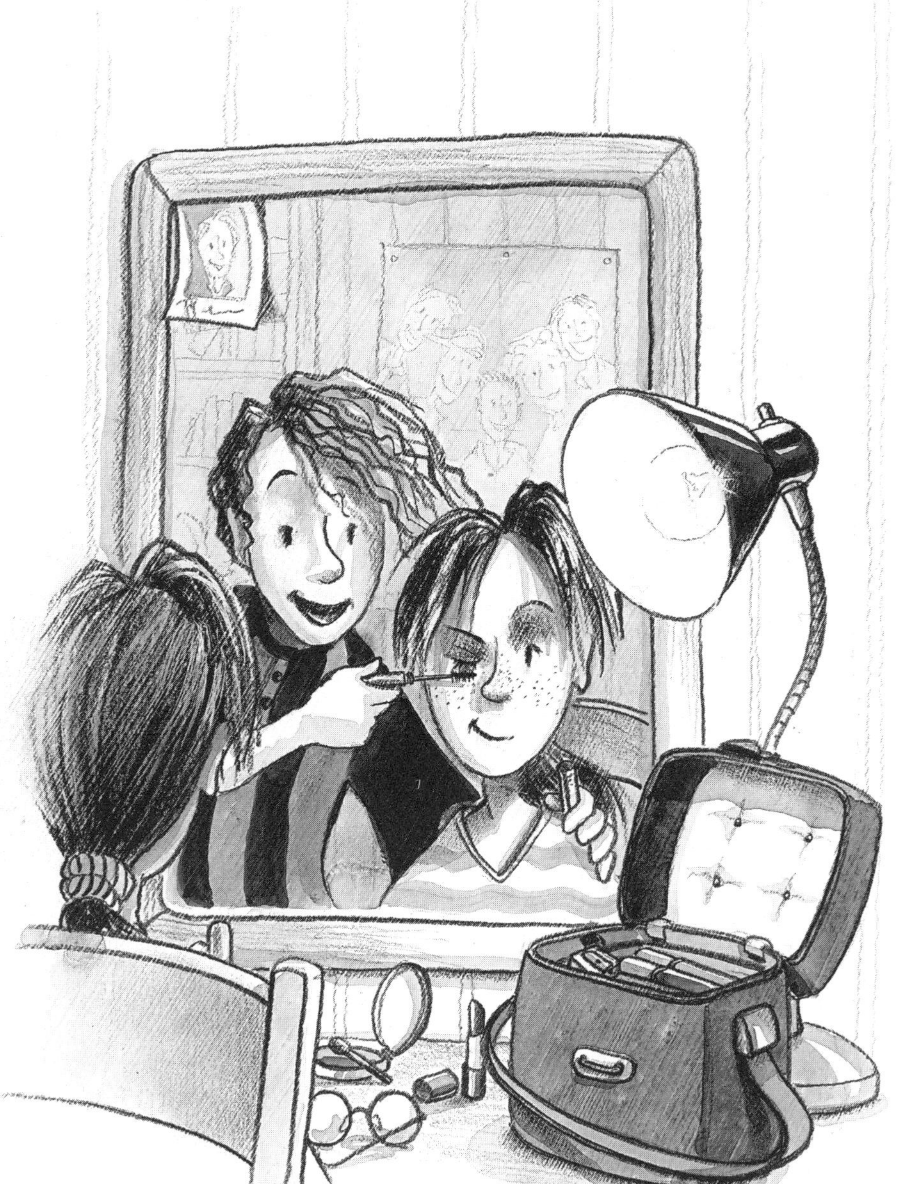

verdankt sie nur ihren Eltern. Es ist zum Verzweifeln! Dass Vater ausgerechnet ihr seine blöde Stupsnase mit den Sommersprossen vererben musste! Während Taco natürlich Mamas vornehmes Profil bekam. Warum nicht umgekehrt? Da haben sie wieder mal echt Mist gebaut, Gisis Eltern. Manchmal fühlt sie sich ja sowieso wie eine Missgeburt. Schade, dass Schönheitsoperationen so teuer sind.

Doch Anja meint, man könne was draus machen. Selbst die teuersten Topmodels seien eigentlich nichts Besonderes – ohne Schminke. Claudia Schiffer sei ohne Make-up höchstens ein Blondinenwitz. Keiner würde sie auf der Straße erkennen.

Als beste Freundin sagt Anja ihr schonungslos die Wahrheit: »Helle Augenbrauen und Wimpern sehen natürlich aus wie Spucke. Aber mach dir nichts draus. Ich zieh sie dir nach. Und ein bisschen Blau auf den Lidern wirkt Wunder. Vor allem aber vollere Lippen! Wart ab, Gisi, ich mach 'ne Traumfrau aus dir.«

»Aber was machen wir, wenn im Konzert so Riesenweiber direkt vor uns stehen und wir nichts sehen können?«

»Keine Bange, wir drängeln uns vor, rammen denen unsere spitzen Ellenbogen in die Seiten und treten ihnen ein bisschen auf den Füßen herum!«

»Ja, schon. Aber wie schaffen wir es, dass uns die Ketchupboys auch wirklich erkennen?«

»Wir müssen dreimal so laut kreischen! Du musst natürlich deine ganze Seele, deine ganze Liebe in den Schrei legen. Und wenn es direkt aus dem Herzen kommt, werden Phil und Ben bestimmt aufmerksam auf uns!«

»Aber Vierzehnjährige haben doch viel lautere Stimmen!«

»Na schön, dann müssen wir eben unsere Lungen trainieren!«

Es trifft sich gut, dass Gisis Mutter heute zum Einkaufen nach Mannheim gefahren ist. Da stört sie wenigstens keiner. Anja und Gisi legen die Kassette mit den besten Videoclips der Boys ein und kreischen um die Wette. So lang und so laut es nur geht. *Karaoke-Schreien* nennen sie das. Bis sie erschöpft auf dem Boden liegen und nur noch lachen können. Und Gisis Bruder mit den Fäusten zornig gegen die (selbstverständlich abgeschlossene) Tür donnert.

»Was ist los?«, schreit Taco. »Welche Sau wird denn hier abgestochen?«

Hasserfüllte Liebesbriefe
Du musst doch nicht rot werden!

»Alle dürfen. Nur ich nicht«, seufzt Gisi. So oft wie möglich. Sie weiß, dass ihre betont nölige Stimme die Eltern nervt. Aber Strafe muss sein. Keine ruhige Stunde sollen sie mehr haben.
„Anja darf auch. Judith, Miriam, alle. Die meisten haben längst schon ihre Karten!«
Aber die Eltern sind sich einig. Wie eine Wand aus Beton.
»Hör mal, willst du jetzt wochenlang mit dieser Schnute rumlaufen?«, mosert die Mutter und der Vater lästert: »Lass doch, die Schippe steht ihr.«
Gisi wartet insgeheim darauf, dass einer von den beiden zu ihr sagt: ›Mach doch nicht so ein Gesicht!‹ Darauf hat sie sich nämlich eine optimale Antwort

zurecht gelegt: ›Ich mach kein Gesicht!!!‹ Um danach ganz cool aus der Hüfte zu schießen: ›Weißt du, wenn ich Gesichter machen könnte, hättest du längst schon ein anderes!‹ Wütend aufgestampft und die Tür geschmissen. Super Abgang.
Aber weder Mama noch Papa liefern ihr das Stichwort vom Gesichtermachen.

Zur Verbesserung der Deutschnote empfiehlt Dr. Bindseiler neuerdings der Klasse: »Kinder, ihr müsst mehr schreiben, schreiben, schreiben. Euer Sprachgefühl entwickeln! Eure Ausdrucksfähigkeit erweitern. Tagebuch, Briefe ... Ihr wisst ja: Übung macht den Meister!
Gisi und Anja sind gleich Feuer und Flamme. Erst suchen sie nach Brieffreunden im In- und Ausland. Dann aber erkennen sie, dass es sehr viel praktischer und taschengeldfreundlicher ist, das Porto zu sparen und sich gegenseitig zu schreiben. Und zwar am besten gleich im Unterricht. Seitdem kursieren unter der Bank Zettel wie dieser:

ANJA an GISI:
Oh du fröhliche, oh du goldige, lieblichste Sehnsucht meines
Herzens, Schwarm meiner Nächte, entzückende Gefährtin
todlangweiliger Mathestunden, geliebtes Mausiputzischätz-

chen, du Supermodel mit der Traumfigur, erfrischendes Pfefferminzbonbon mit der samtweichen verführerischen Stimme, Marzipantörtchen mit Jogurtcreme, lass dich von deiner treuesten Freundin warnen: Dein Ben betrügt dich grad in diesem Augenblick mit einer Südseeprinzessin auf Samoa.
Es steht sogar in der BILD-Zeitung!
P.S.: Wenn du Trost brauchst, Schnuckelchen, komm in meine Arme, heul dich aus, heute um vier bei mir!

GISI an ANJA:
Einverstanden, du blödes, saudummes Rabenaas, dusselige Hirschkuh, krähenfüssig verlotterte Pissnelke. Aber lass bloß dein dämliches Gegrinse, sonst setzt es was. Ich glaub dir kein Wort, du verlogener Affenarsch! So eine abgrundtief verrotzte Mistbiene wie du hat sowieso überhaupt kein Recht, meinen allerallerallerliebsten Ben mit dem Pesthauch ihrer eitrigen Zähne zu beleidigen. Ben ist jedem seiner Fans treuer als treu, du neidische Schrumpelkröte, letzter Gossendreck und ekelerregender Abschaum. Also, wenn jemand Trost braucht, dann du, du alte Klobürste, du tiefgefrorener Schlangenfurz!
Ich rate dir: Lass ja deine verschwitzten Gedanken von BEN, sonst setzt es was, sonst zerkratze ich dir deine elende Visage, dass keiner mehr deinen verwarzten Orangenhauthintern anguckt, oder bestelle ein Killerkommando bei der Mafia. Basta!«

Dummerweise bemerkt Anja beim Lesen von Gisis Antwort nicht, dass Dr. Bindseiler hinter sie getreten ist.

»Anja, ich bin enttäuscht von dir!«, sagt er säuerlich. »Deine Post kannst du auch daheim lesen.«

Er nimmt ihr den Zettel ab, überfliegt ihn kurz, stutzt und wirft einen prüfenden Blick auf Gisi, die sofort einen glühenden Kopf bekommt.

»Ohlala! Gisela, ist das dein Werk? Donnerwetter! Du übst wohl bereits die nächste Schlechtschreibreform?«

Einige in der Klasse fangen an zu kichern. Gisi senkt den Kopf.

»Aber du musst doch nicht rot werden, Gisela!«

Sofort richten sich die Augen der ganzen Klasse auf sie. Gisi denkt, ihr Kopf müsste platzen. Bestimmt ist er so rot wie ein Pavianpo. Und darauf reitet diese Bestie von Lehrer natürlich genüsslich herum.

»Im Gegenteil, wenn hier einer rot werden muss, dann doch wohl ich. Und zwar in meinem Notenbuch.«

Dr. Bindseiler zückt seinen Lehrerkalender und macht Notizen darin.

Speziell Gisis dreieinhalb FeindInnen kichern jetzt hämisch.

Dr. Bindseiler strahlt, als wäre ihm endlich einmal ein Witz gelungen.

»Außerdem, Gisela, werde ich bei Gelegenheit wohl mal deine Eltern unterrichten. Die ahnen sicher gar nichts von den sprachlichen Talenten ihrer Tochter.«

Zapzapzapzapzap
Das geht dich noch überhaupt nichts an!

So verbohrt waren Gisis Eltern noch nie.
Ihr starrköpfiges Gestänker ist durch sämtliche Schlüssellöcher zu hören. Ab und an schnappt Gisi einige Bemerkungen auf, die unter der Schlafzimmertür der Eltern hindurchschlüpfen:
»Frankfurt – kommt überhaupt nicht in Frage.«
»In dem Alter!«
»Schon gar nicht als Mädchen!«
»Ist doch noch ein Kind!«
»Steckt bestimmt wieder diese Anja dahinter!«
»Diesmal müssen wir hart bleiben.«
Manchmal wünscht sich Gisi verständnisvollere Eltern, so wie die Moderatoren der Talkshows. Wenn die ihre Eltern wären, würden sie bestimmt nichts

verbieten. Pastor Fliege und Arabella zum Beispiel. Oder der Herr Meiser und Vera.

Überhaupt: Im Fernsehen gibt es nachmittags richtig spannende Sendungen. Die besten zur Schularbeitenzeit. Doch auch da sind Gisis Eltern wahnsinnig stur. ›Mittags bleibt die Kiste kalt‹, meint Mama. ›Man muss das Leben leben, und zwar das eigene. Und nicht die Probleme anderer Leute aus der Ferne anglotzen.‹ Das sind so ihre Weisheiten.

Aber wenn keiner zu Haus ist, guckt Gisi dann doch. Mehr oder minder heimlich. Mit Chips, Nutella, Gurken und Cola. Einfach mal alles durchzappen. Zapzapzapzapzap! Vielleicht kommen ja irgendwo und irgendwann einmal die Ketchupboys. Im Musikkanal. Denn natürlich will sich Gisi nur die wirklich wichtigen Sendungen ansehen.

Aber manchmal bleibt sie dann doch hängen. Meistens bei Talkshows wie ›Ich liebe einen Priester‹, ›Hilfe, mein Mann betrügt mich‹ oder ›Magersucht‹. Bei Magersucht hätte Gisi vor einem Monat gut mitreden können. Aber bei so verständnislosen Eltern wächst und wuchert natürlich ihr Kummerspeck. Und da passt im Moment nur die Sendung: ›Ich bin rund – na und?‹

Aus den Talkshows kann Gisi eine Menge über das Leben erfahren. Themen, die in der Schule nie angesprochen werden. Über die sie noch nie einen Aufsatz schreiben musste. Zum Beispiel über Schönheitsoperationen, Liebe am Arbeitsplatz, Geschlechtsumwandlung undundund ...

Vor ein paar Tagen erst gab es Krach. Das war, als Gisi sich eine Talkshow über die Wechseljahre des Mannes ansah.

»Das geht dich noch überhaupt nichts an!«, schimpfte Gisis Mutter.

»Doch, geht mich wohl was an!«, widersprach Gisi. »Was würdest du denn eigentlich machen, wenn Paps seine Krise kriegt und sich eine Jüngere nimmt?«

»Du spinnst!«

»Wieso? Was wäre denn bei eurer Scheidung?«

»Unfug! Hör auf!«

»Wo komme ich dann hin und wo kommt Taco hin?«

»Schluss jetzt! Sorgen macht man sich nicht vorher, sondern erst, wenn man sie hat. Außerdem ist das alles absoluter Quatsch!« Verärgert nimmt Gisis Mutter die Fernbedienung und schaltet ab. »Warte, bis du deine eigenen Probleme hast. Dann helfe ich dir schon. Dann können wir über alles sprechen.«

Dagegen könnte Gisi allerdings eine Menge sagen. Zum Beispiel: Wozu gehe ich überhaupt in die Schule

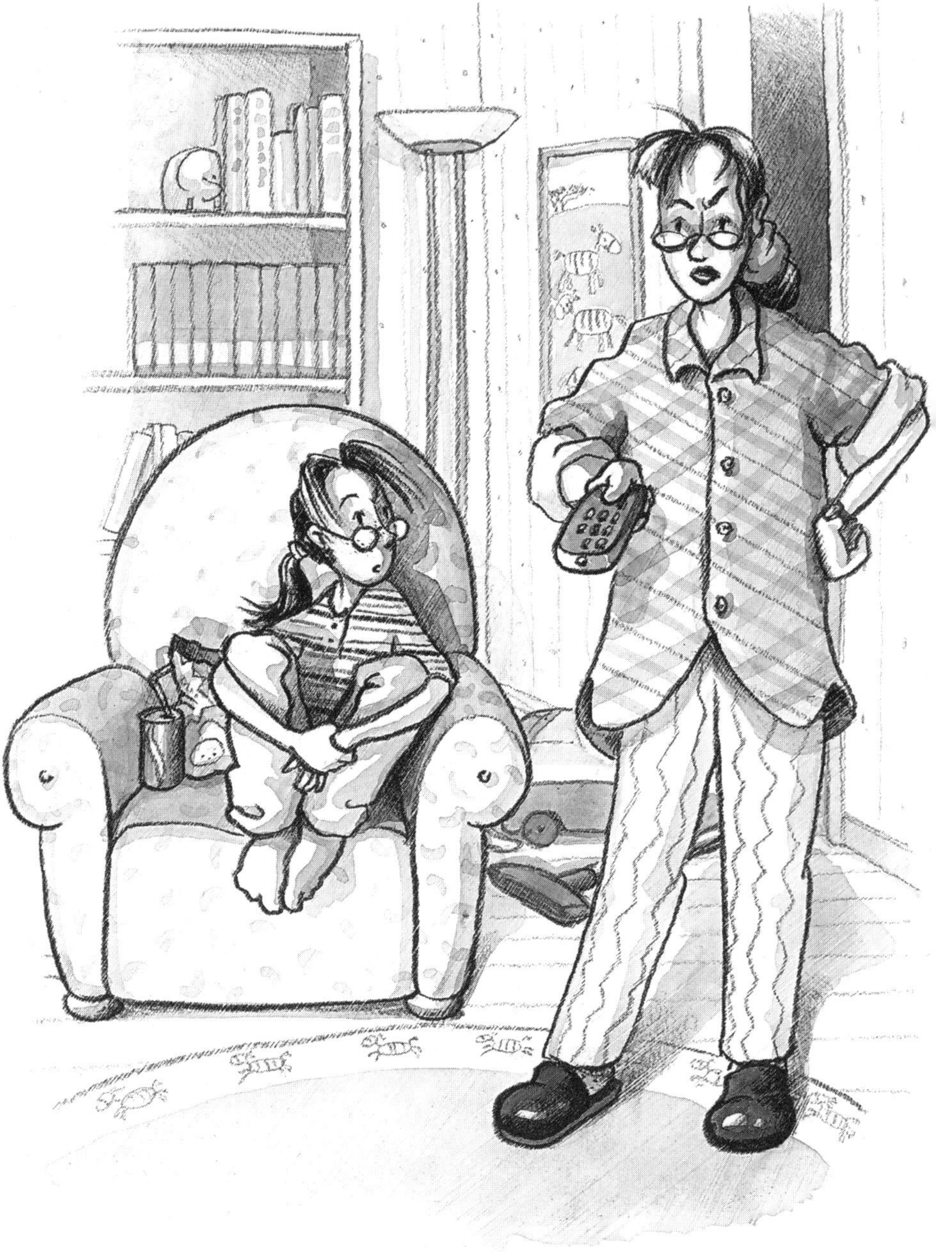

und lerne Prozentrechnen? Und warum soll ich für morgen einen Umriss von Grönland zeichnen? Da fahren wir ja doch niemals hin. Aber das verkneift sie sich. Es ist ohnehin sehr zweifelhaft, dass sie jemals mit ihrer Mutter sachlich über wichtige Themen sprechen kann. Von Frau zu Frau. Wie mit Anja.

Auf jeden Fall ist es immer gut, auf alle Eventualitäten vorbereitet zu sein. Sagt auch ihre Großmutter. Die immer saure Gurken, Hartwurst und Ketchup auf Vorrat kauft. Falls mal Krieg kommt.

Aids, Drogen, Rinderwahn – meistens trifft es einen ja völlig unerwartet. Da ist es schon gut, wenn man rechtzeitig gewarnt wird. Zum Beispiel durch die Sendung ›Verführung in der Schule – die Gefährdung der Lehrer durch Schülerinnen‹. Oder umgekehrt. Was Gisi sich bei Herrn Dr. Bindseiler allerdings überhaupt nicht vorstellen kann.

Und erst vor ein paar Tagen die Diskussion über Homosexualität. Diese Sendung war ja auch nicht ganz ohne Bedeutung für Gisi. Am Ende hatte sie sich nämlich allen Ernstes selbst gefragt, ob sie vielleicht lesbisch sein könnte, ohne es zu ahnen. Oder bi, oder irgendwas Ähnliches? Ihr kleiner blöder Bruder schreit sowieso immer wütend »Lesbennest! Lesbennest!«, wenn Anja und Gisi mal ungestört sein wollen und hinter sich die Tür abschließen.

Ist da vielleicht doch etwas dran?

Zum Beispiel hatten Anja und sie einmal im Kerzenschein und im Duft von Räucherstäbchen die Fanzeitschriften durchgeblättert. Dabei waren sie sich darüber in die Haare geraten, wer die zärtlicheren Hände hat, Ben oder Phil. Sie hätten sich fast geprügelt. Am Ende hatten sie sich aber wieder vertragen und die Frage, wer ist zärtlicher, einfach mal getestet. Anja hatte Gisi gestreichelt, so wie sie sich vorstellt, dass Phil sie streicheln würde. Und Gisi hatte Anja gestreichelt, so wie sie sich vorstellt, dass Ben es tun würde ... Plötzlich hatten sie rote Köpfe, denn irgendwie war das ja schon ein sehr seltsames Gefühl ... egal, ob Phil, Ben oder Anja ...

Aber ob es das schon sein sollte?

Egal. Hauptsache man versteht sich.

Heutzutage ist ja eigentlich gar nichts mehr richtig schlimm. Jedenfalls im Fernsehen. Selbst wenn der Herr Meiser oder der Pastor Fliege hin und wieder noch ein bisschen besorgt gucken. Am Ende sind sie dann doch immer sehr tolerant.

Ganz im Gegensatz zu Mama und Papa.

Talkshowmaster haben eben einfach für alles Verständnis. Sogar für Körperschmuck, wie Tätowieren oder Zungen- und Brustwarzenpearcing. Was Gisi allerdings für sich total überflüssig findet. Die Löcher in den Ohrläppchen reichen ihr. Vorerst. Allzu gern aber würde Gisi einmal in so einer Talkshow auftreten. Und sich vom Moderator ausfragen lassen. Zum Beispiel über erste Liebe. Sie müsste sich nur anmelden und nach München ins Studio fahren. Und dann richtig auspacken!

Allererste Liebe

Pamperspo im Liebeswahn!

Obwohl: Eine Sendung über letzte Liebe wäre vielleicht doch besser. Oder ein Quiz – alles über Ben. Denn offen gestanden, an ihre erste Liebe kann sich Gisi überhaupt nicht mehr erinnern. Zu lange her.

Ihr Gedächtnis reicht vielleicht bis zum zweiten oder dritten Lebensjahr. Was davor war, hat sie total vergessen. Aber gerade da, im Frühkindlichen, spiele sich das Entscheidende ab. Hat neulich ein Professor bei Vera, Fliege oder Arabella gesagt.

Die Liebe beginnt bereits mit der Geburt und ende mit dem Tod, meinte der Psychologe. Sein Spezialgebiet war Liebe im Säuglingsalter. Als er das sagte, hatten die Gäste im Studio zuerst laut gelacht. Aber später wurden sie immer leiser.

Wenn Gisi in der Sendung dabei gewesen wäre, hätte sie den Fernsehzuschauern sogar ein gutes Beispiel erzählen können. Und zwar von Taco, ihrem Bruder, als er pomäßig noch tief in den Pampers steckte.

Für ihn war es wohl so eine Art Ferienliebe. Sie begann schon auf der Hinreise. Während des Flugs an die Algarve. Gisi war ohnehin schon genervt. Sie sollte auf ihren kleinen blöden ... aufpassen. Sie wäre schließlich die Größere und Verständigere, meinten ihre Eltern. Dabei hatte Gisi mit sich selbst schon genug zu tun. Zweieinhalbstunden eingesperrt in einer Blechröhre. Mit 167 Passagieren.

»Ist das die Kotztüte?«, hatte Gisi ganz laut gefragt. Und ihre Mutter hatte nur »Psssst!« gezischt, der Vater auf streng gemacht und »Gisela!« gesagt.

Zweieinhalbstunden auf die Kotztüte starren, an das Würgen im Hals denken und das Ziehen im Magen vergessen. Wie soll man denn da noch auf einen kleinen blöden Bruder achten?

Damals war ihr Bruder ja noch winzig. Und seine Blödheit auch.

Eigentlich mochte sie ihn. Sie hatte sich sogar ausdrücklich einen Bruder gewünscht. Um Schwester zu werden.

Zuerst, als Mama ihn aus der Klinik mitbrachte,

war er ja ganz niedlich. Wie eine lebendige Puppe. Und Spaß machte er auch. Man konnte ihm den Schnuller aus dem Mund reißen und ehe er losbrüllte, schnell wieder reinstecken. Alle Freundinnen beneideten Gisi um ihr kleines Baby. Süß, goldig, schnuckelig! Jede wollte Taco auf den Arm nehmen und wiegen. Oder Fläschchen geben und füttern.

Aber dann nahm die Entwicklung plötzlich Ausmaße an. Taco wurde zur Gefahr, sabbelte, krabbelte und knabberte alles an. Sogar die Puppen. Ständig musste Gisi aufpassen, dass er nichts verschluckte. Ihre Murmeln, Perlen, Ringe.

Eine ständige Aufpasserei. Oder wie es die Mutter ausdrückte: »Auch du hast jetzt eine Verantwortung, Gisi!«

Während Gisi auf die Kotztüte starrte und daran dachte, dass es das Beste ist, nicht daran zu denken, hatte Taco die Andere entdeckt. Sie saß eine Reihe vor ihnen und wurde von ihren Eltern Birte genannt. Ständig lächelte sie ihren kleinen Bruder so auf verführerisch an und zeigte dabei grinsend ihre Zahnlücke. Als ob das wer weiß was Besonderes wäre. Vor allem aber spielte sie mit einer albernen kleinen Perlenschnur-Giraffe, die ihren Hals beugen und strecken konnte. Taco bekam ganz dicke Augen, gluckerte und kiekste, wenn er durch die Sitzlehnen hin-

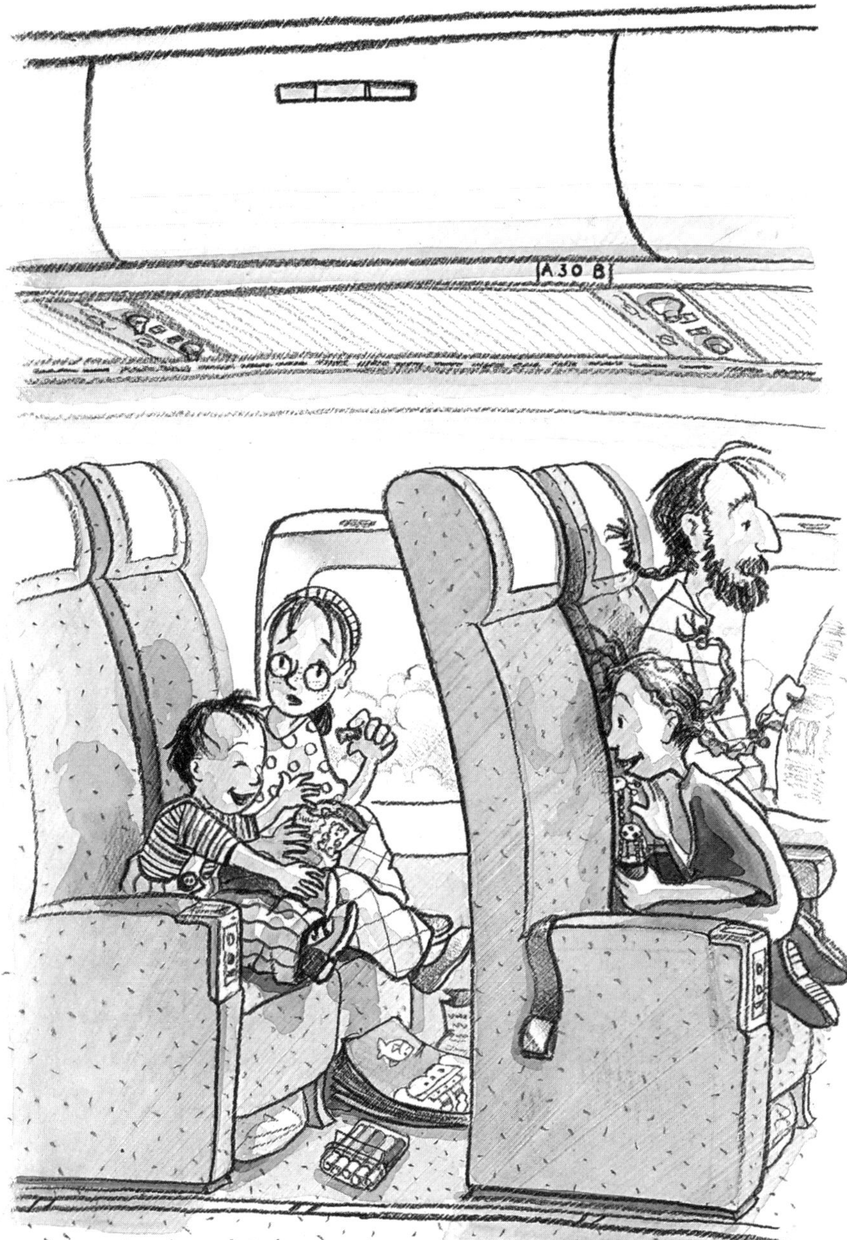
A 30 B

durch starrte. Man sah, dass es der blinde Liebeswahn war. Lächerlich!

Und doch. Irgendwie tat es ihr weh.

Wer war denn hier die Schwester? Sie oder die?

Ein paar Mal versuchte Gisi ihren Bruder auf den Sitz zurückzureißen. Doch der wollte absolut nicht und krallte sich verzweifelt am Vordersitz fest.

Gisi versuchte alles, um Tacos Aufmerksamkeit zurückzugewinnen. Zwickte ihn in seine runden Babyfleischschenkel, kitzelte ihn unter dem Arm, stopfte ihm unentwegt Gummibärchen in den Mund. Doch der beachtete sie überhaupt nicht.

Gisi war sogar bereit, ihn in ihr neues Malbuch kritzeln zu lassen. Doch er sah nur noch Birte. Dabei war sie viel zu alt für ihn. Sechs Jahre vielleicht. Für Taco eigentlich eine Uroma.

Er war schließlich erst dreizehn. Monate.

Also hochgerechnet, wie wenn eine Sechzigjährige einen Dreizehnjährigen heiratet. Verführung Minderjähriger war das. Ein Skandal!

Gisi hat das, was damals in ihr vorging, bis heute nicht vergessen.

Was war los mit Taco? War sie nicht tagtäglich Schwester, Freundin, Spielgefährtin für ihn gewesen? Mutterersatz und Leibwächterin? Und jetzt war sie plötzlich nur noch Luft für ihn. Total abgemeldet.

Und irgendwie hatte sie auch noch den Verdacht, dass Birte, dieses Aas, das genoss, dass sie es geradezu darauf anlegte, ihr den einzigen Bruder abspenstig zu machen.

Ein eigenartiges Gefühl. Noch heute tut es weh, wenn sie daran denkt. Vielleicht war es das, was die Erwachsenen Eifersucht nannten ...?

Dann ein letzter Versuch.

»Taco stinkt«, sagte Gisi, stupste die Mutter und hielt sich die Nase. »Pfui Teufel! Gleich muss ich kotzen!«

Während Mutter die Pampers austauschte, starrte Taco weiter unentwegt auf seine Angebetete.

Dafür nahm Papa Gisi auf den Schoß und ließ sie aus dem Fenster gucken.

Obwohl es beim Abflug noch geregnet hatte, war der Himmel jetzt strahlend blau. Nur ein paar weiße Wattewölkchen schwebten in der Ferne.

Eigentlich freute sich Gisi auf den Urlaub, auf das Meer und das tägliche Eis. Doch der Flug dauerte.

Kleiner blöder Bruder gesucht
Du solltest doch aufpassen!

Als sie in Faro gelandet waren, erhielt Gisi den Auftrag, Taco fest an der Hand zu halten, während ihre Eltern am Fließband auf die Koffer warteten. Doch plötzlich hatte sich Taco losgerissen und war nicht mehr zu sehen.

Nach einer Weile sah sie ihn doch wieder. Der kleine Windelscheißer stand auf der anderen Seite bei dieser Birte und ihrer Familie. Er hielt sich mit der kleinen Hand an ihrem Kleid fest und ließ sich von ihr Kekse in den Mund schieben.

Irgendwie machte Gisi das wahnsinnig wütend. Ein Gefühl, wie sie es noch nie erlebt hatte. Und wie sie es wohl niemals vergessen wird. Sie fühlte sich von dem kleinen Knirps in die zweite Reihe versetzt.

Der Vater kam mit dem Rollwagen voller Koffer.
»Also los, wo ist Taco? Gisi, du solltest doch ...«
»Nun sag schon, wo ist er?«, drängte die Mutter.
»Wo hast du ihn zuletzt gesehen?«
»Da!«, sagte Gisi und zeigte mit dem Finger in die Richtung. Doch da standen plötzlich ganz andere Menschen, ein Mann mit einem Surfbrett und zwei rabenschwarze Nonnen mit roten Kosmetikköfferchen.
»Mein Gott, kannst du nicht mal ... So ein ...« Der Vater sprach es nicht aus. Die vorwurfsvollen Mienen waren das Schlimmste. Die nervösen, angstvollen Blicke. Als wäre ein kleiner Bruder plötzlich das Wichtigste auf der Welt.

Die Flughafenhalle war voller Menschen.

Wahrscheinlich war alles ganz harmlos. So ein kleines Wesen mit einem Pampers-Po konnte überall sein. Vielleicht spielte er einfach nur Verstecken.

Im Mülleimer vielleicht. Gisi kann sich noch genau erinnern, dass die Mutter plötzlich rote Flecken im Gesicht hatte. Sie redete auf einen uniformierten Mann mit einem riesigen Schnurrbart ein, sagte immer wieder *Baby, Bambino* und zeigte mit der Hand Tacos Größe an. Doch der schmunzelte nur und zuckte die Achseln.

Vater schaute derweil hinter jeden Koffer und rief:

»Taco, Taco?!« Sodass sich alle Leute verwundert umdrehten.

Es war aber auch ein abartiger Spitzname. Doch daran war Gisis Bruder selber schuld. Er hatte sich diesen Namen nämlich selbst ausgesucht. Er war überhaupt schon immer ein genialer Worterfinder. Das erste Wort, das er sprechen konnte, lautete *MA-PA*. Das war äußerst praktisch, denn damit konnte er in einem Atemzug beide Eltern zugleich herbeirufen. Zum Beispiel, wenn er hingefallen war. Statt ›Mama!‹ oder ›Papa!‹ brüllte er einfach: »MAPA!!!« Dann rannten meist beide. Das zweite Wort war Auto. So nannte er alles, was sich bewegte. Selbst Gisi musste sich das gefallen lassen. Und schließlich setzte er für sich selbst *TACO* durch. Die Eltern hat er regelrecht dressiert. Wenn sie ihn mit seinem richtigen Namen riefen, rührte er sich einfach nicht vom Fleck. Sobald aber einer ›Taco‹ rief, krabbelte er strahlend auf ihn zu. Bis sie es endlich kapiert hatten. Und heute heißt er immer noch so. Selber schuld.

Natürlich ist so ein Name absolut blödsinnig für jeden, der schon mal einen original mexikanischen Taco gegessen hatte. Und für den Kenner klangen Papas und Mamas verzweifelte Rufe somit eher wie »*Pizza, Pizza!*«, »*Spaghetti, Spaghetti!*«, »*Bockwurst, Bockwurst!*« oder »*Döner, Döner!*«

Vielleicht war der kleine Knirps einfach mal auf das Fließband geklettert, um mit den Koffern eine Runde Karussell zu drehen, oder durch das Loch in der Wand wieder zurück auf den Gepäckwagen befördert worden. Auch Gisi wurde allmählich unruhig. Kein Wunder, dass die Phantasie mit ihr durchging. Im Süden soll es ja Kinder- und Babyhändler geben, die überflüssige kleine Brüder an reiche kinderlose Amerikanerinnen verkaufen. Irgendwie gönnte sie ihm eine grässliche alte Milliardärsgattin als Mutter. Zur Strafe für seine Untreue. Oder gruselige Ärzte, die ihn gekidnappt hätten. Zwecks Organtransplantation.

Vielleicht würde sie Taco niemals mehr wiedersehen. Und wäre plötzlich keine Schwester mehr, sondern Einzelkind. Ob sie das alles damals wirklich gedacht hat, weiß Gisi heute nicht mehr so genau. Nur dass es sehr, sehr schlimme Gedanken waren, Gedanken, die man eigentlich überhaupt nicht denken darf ...

Auf jeden Fall fühlte sich Gisi damals wie ein herzloses Monster. Wenig später, als ihre Angst unerträglich wurde und sie fürchtete, Taco wirklich niemals wieder zu sehen, hat sie es bereut und sich für ihre schlechten Gedanken geschämt. In ihrer Verzweiflung war sie sogar neben dem Fließband niedergekniet, hatte die Hände gefaltet und den lieben Gott um Verzeihung gebeten, dafür, dass sie so einen abgrundtief schlechten Charakter hatte.

»Lass die Albernheiten! Such lieber mit!«, schimpfte die Mutter.

Die Ankunftshalle leerte sich. Die Passagiere schoben ihre Kofferkulis durch die Zollkontrolle.

»Vielleicht ist er schon durch den Zoll«, murmelte der Vater nervös.

»Wir gehn schon mal vor!« Die Mutter nahm Gisi bei der Hand und zerrte sie durch die Zollkontrolle. Ihre Hand zitterte. »Vielleicht ist er ja einfach durchgewitscht!«

Gisi hatte Tränen in den Augen. »Das wollte ich nicht!«, jammerte sie. »Wirklich!«

In der Eingangshalle war Taco auch nicht zu finden. Die Mutter ging sogar auf die Herrentoilette, und obwohl gleich ein Gebrüll entstand, rief sie auch dort ihr verzweifeltes »Taco, Taco?!«

Schließlich war es Gisi, die ihn wieder entdeckte. Draußen auf dem Platz mit den vielen Bussen. »Da, da ist er!«

Taco hob gerade den rechten Fuß, um die Stufe des Hotelbusses zu erklimmen, in dem Birte mit ihrer Familie saß. Mama riss ihn an sich, küsste ihn und rief: »Taco, Taco, Taco!«

Der aber sträubte sich, schrie wie am Spieß, drehte sich immer wieder verzweifelt zurück zu Birtes Bus, der in Richtung Albufeira davonfuhr.

»Mein Gott, muss Liebe schön sein«, seufzte der Vater erleichtert und drückte ihn ebenfalls an sich.

Die Küsserei nahm kein Ende. Tacos Untaten wurden belohnt, während Gisi noch immer zu spüren bekam, dass sie nicht richtig aufgepasst hatte. Dabei hatte *sie* ihn doch wiedergefunden. Eine Ungerechtigkeit, die zum Himmel schrie.

Taco aber ließ sich nicht trösten. Er weinte und weinte, bis er vor lauter Müdigkeit nicht mehr konnte, den Schnuller annahm und einschlief.

So erzählen es auch ihre Eltern. Doch Gisi erinnert sich, dass da noch etwas mehr war. Den ganzen Urlaub nahm Taco es ihr übel und trauerte seiner blöden Birte nach. Wollte nicht mehr wie früher seine Hand in ihre legen. Als wäre sie schuld an seinem gebrochenen Herzen. Und irgendwie war sie das ja auch. Sie hätte ihn gehn lassen sollen. Bis ans Ende der Welt.

Allerletzte Liebe
Ben ist süß!

Das ist natürlich jetzt schon eine Ewigkeit her. Tacos erste Liebe und Gisis erste Eifersucht.

Jetzt ist Taco zwar wesentlich älter, aber noch immer eine Plage. Meistens jedenfalls. Wie gern würde Gisi das vorlaute Scheusal gegen einen großen, verständnisvollen Bruder eintauschen. Einen Fußballstar aus der Bundesliga oder einen, der singen, tanzen und Gitarre spielen kann. Bei seinen Konzerten wäre sie dann immer dabei und würde kreischen wie verrückt: in London, Tokio, Sidney und Toronto.

Aber aus Taco würde ja nie was.

Und aus Carsten wohl auch nicht.

Mit Carsten ist sowieso alles ganz anders. Seit Gisi weiß, dass Ben ihre letzte Liebe ist, zählt sie ihre Lieben und Liebhaber rückwärts. Demnach ist Carsten ihr vorletzter. Natürlich auch nicht so richtig. Eher so etwas wie ein großer Bruder.

Aber eifersüchtig machen kann er sie trotzdem. Mehr als einmal hat Gisi das jetzt schon zu spüren bekommen: diesen kleinen Stich mitten ins Herz. Zum Beispiel, wenn sie mit ansehen muss, wie er in der großen Pause mit seinen Klassenkameradinnen schwätzt, ihnen wichtigtuerisch irgendwas erzählt, und sie ihn anschwiemeln, als wäre er der Größte. Vor allem diese Katja. Ein bisschen weh tut ihr das dann ja doch. Besonders, weil diese blöde Zicke schon einen ziemlichen Busen hat. Wenn sie die beiden beieinander sieht, wird Gisi plötzlich ganz starr und stumm. Kriegt einen schweren Kopf. Und weiß hinterher im Englischunterricht keine einzige Vokabel mehr. Nicht mal die, die sie gelernt hat. Alles wegen diesem Carsten.

Dabei: eigentlich ist es ja blöd. Warum soll sie denn eifersüchtig sein? Noch dazu bei einem Jungen, der nicht mal singen kann. Und tanzen schon gar nicht. Den keine Karriere erwartet. Den keine Gruppe nehmen würde. Der nie auf Tournee geht.

Hat sie ü-ber-haupt nicht nötig.

Schlimm wäre höchstens, wenn Ben eine Freundin hätte, wenn er ihr so etwas Gemeines antun würde.

Dann wäre es natürlich aus. Aber Ben ist eben anständig. Im Gegensatz zu anderen Männern ... Nein, niemals müsste sie wegen Ben eifersüchtig sein. Das ist ja das Gute!

Ben nämlich ist sich seiner Verantwortung bewusst. Er weiß, was er seinen Fans schuldig ist.

Es war ja schließlich schon mal etwas Tragisches passiert. Bei Slapstick, einer anderen amerikanischen boy group. Mindestens drei Mädchen hatten versucht, sich das Leben zu nehmen, als sie erfuhren, dass Ray heimlich in Las Vegas geheiratet hatte.

Ben dagegen hat ausdrücklich erklärt, dass es für ihn noch viel zu früh wäre, sich zu binden. Er liebe alle seine Fans und wolle deshalb auch allen treu bleiben.

Gisi hat dieses Interview sogar auf Video und schaut es sich immer wieder an. Schließlich bedeutet es einen Wendepunkt in ihrem Leben. Denn an diesem Tag hat Ben etwas gesagt, was sie sich sogar in ihr Tagebuch geschrieben hat.

Auf die Frage der Reporterin, ob er dann wohl hinter Klostermauern verschwinden wolle, antwortete Ben mit großem Ernst. Nein, irgendwann wolle er schon noch heiraten. Und Kinder wolle er auch haben. Möglichst viele. Weil er Kinder liebe.

Zunächst aber warte er noch. Auf die Richtige.

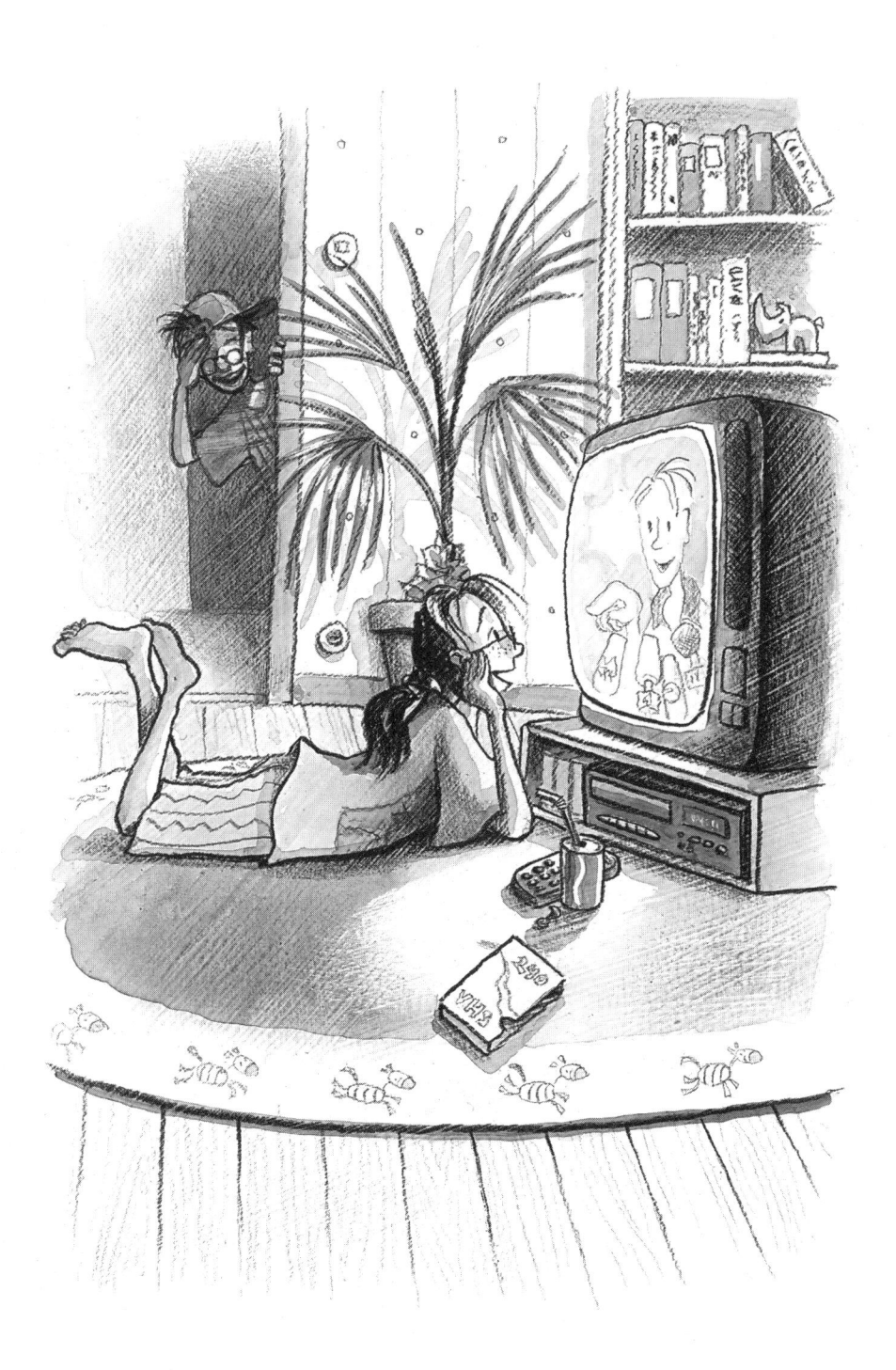

Vielleicht werde er später ja sogar mal einen seiner Fans heiraten. Und dann – Gisi wäre fast in Ohnmacht gefallen – sprach er plötzlich ganz direkt in die Kamera. Und es ist ihr jedes Mal, als würde er sie dabei anschauen.

»Vielleicht irgendein süßes Mädchen, das mir in diesem Moment gerade zuschaut. Vielleicht in Tokio, L. A. oder in Heidelberg!«

Tatsächlich: Er hat *Heidelberg* gesagt, wortwörtlich. Heidelberg! Und sie dabei angeschaut. In diesem Moment. Sie ganz persönlich. Vor Schreck kriegt sie keine Luft mehr. Ben lächelt und winkt direkt in die Kamera.

»Vielleicht ist sie jetzt erst zehn, elf oder zwölf. Aber wenn sie auf mich wartet ... meine kleine Herzensbraut ... ich werde es auch tun!«

Es ist Wahnsinn!

12

Voll erwischt

Man sollte die Polizei holen!

Hinterher meinte Gisi, sie hätte das alles nur geträumt. Doch als das Interview am nächsten Tag noch einmal gesendet wurde, nahm es Anja auf Video auf. Und je öfter sie es sich anschaute, desto klarer wurde ihr, dass Ben nur sie gemeint haben konnte. Heidelberg! Das war doch kein Zufall! *In diesem Moment!* Und vor allem dieser ganz direkte Blick ...

Seit jenem denkwürdigen Tag steht absolut fest, dass Gisi in Frankfurt dabei sein muss. Koste es, was es wolle! Schließlich ist sie sich ganz sicher, dass Ben ihre große Liebe ist. Und zwar die letzte.

Carsten allerdings wird sich damit abfinden müssen, dass er sich nun überhaupt keine Hoffnungen mehr zu machen braucht. Niemals mehr. Und wenn es ihm das Herz brechen sollte. Da muss er durch. Hauptsache, man ist ehrlich miteinander.

Neulich auf dem Nachhauseweg hatten sie bereits eine Aussprache deswegen. Es ist Gisi nicht leicht gefallen, ihm klarzumachen, dass es zwischen ihr und Ben nun doch etwas Ernsteres ist. Aber Carsten trägt es mit Fassung. Und hat auch sehr viel Verständnis. Wahrscheinlich sieht er ein, dass er mit einem Rivalen wie Ben überhaupt nicht konkurrieren kann. Jedenfalls ist Carsten am gleichen Nachmittag sogar noch in die Stadt gefahren und hat ihr das neue Poster und ein Bügelbild von Ben besorgt. Trotz allem. Das zeugt von Charakter, findet Gisi. Und ist fast schon cool.

Am nächsten Tag nimmt Anja das Bügeleisen und bügelt Bens Lächeln auf Gisis weißes T-Shirt.

»Gut, dass wir noch nicht so viel Busen haben«, meint Anja. »Das sieht nämlich schrecklich aus, wenn sich die Gesichter so beulen.« Sie selbst trägt schon seit Wochen ein T-Shirt mit Phils schwarzem Wuschelkopf.

Als sie fertig sind, fahren sie in die Stadt und schlendern durch die Fußgängerzone. Anja mit Phil. Und Gisi mit Ben. Für Gisi ist das zunächst noch ein komisches Gefühl. Weil einige Jungs blöd gaffen und

grinsen. »Mach dir nichts draus!«, sagt Anja. »Als Fan musst du zu deiner Überzeugung stehen! Das gibt Kraft!«
Und tatsächlich: Als sie die Hauptstraße hinter sich haben, spürt auch Gisi etwas von dieser Kraft. Sie steht zu Ben. Es ist fast wie eine Verlobung.

Hinterher, am Zeitschriftenstand, durchblättern sie *Bravo, Popcorn, Mädchen, Girlie, DJ* und andere Zeitschriften nach den neuesten Tourneeberichten durch. Plötzlich schreit Anja auf. Und hüpft wie wild auf den Zehenspitzen.
»Ich hab's ja geahnt! Phil! Phil auf dem Titelblatt! Wahnsinn! Mein Phil!« Sie nimmt eine Zeitschrift und drückt sie fest an sich. Als hätte sie ihren Phil im Arm. »Süß, süß, süß!«
Gisi dagegen ist sauer. Wieso gibt es von Phil ein Titelblatt? Und von Ben keins? Noch dazu auf einer stinknormalen Fernsehzeitschrift? So eine Ungerechtigkeit!
Doch Anja ist ganz aus dem Häuschen. »Pass auf, heute werde ich ihn küssen, küssen, küssen! So oft wie möglich!«
»Wie bitte? Wen?«
»Phil natürlich.«
»Du spinnst.«

»Doch. Jeden Tag muss man etwas Verbotenes tun!«, meint Anja. »Sonst hat man nicht gelebt. Komm mit!«

Sie nimmt Gisi bei der Hand und zieht sie ins nächste Kaufhaus. »Ich hab einen Plan. Und du darfst mir dabei helfen. Ich will als beste Phil-Küsserin ins Buch der Rekorde! Dann muss er Notiz von mir nehmen. Dann muss er!«

Sie erreichen den Zeitschriftenstand.

»Dreh dich unauffällig um, schau, ob die Verkäuferin guckt. Ist die Luft rein?«

»Ja. Sie telefoniert grade.«

»Also los. Du bist mein Zeuge. Zähl mit!«

Anja nimmt ein Heft nach dem andern und gibt Phil jeweils einen Kuss auf seine pausbäckig sommersprossige Wange. »Eins, zwei, drei ...«

Gisi findet das eigentlich ein bisschen ... na ja ... »Du, da ist bestimmt Gift in den Druckfarben. Glaub bloß nicht, dass ich dich rette, wenn du tot umfällst!«

Doch Anja lässt sich nicht stören. »26 ... 27 ... 28 ... 29. Fertig! Weiter!«

»Du bist wahnsinnig!«

»Nichts da! Ich küss sie alle durch! Komm, jetzt gehen wir noch zu Montanus, zu Woolworth, zu Horten und zu Minimal. Zweihundert schaff ich heut, mindestens!«

Auch im nächsten Kaufhaus schafft es Anja, alle Phils zu küssen. Doch obwohl Gisi aufgepasst hat wie ein Luchs, stehen plötzlich die Verkäuferin und ein Herr in einem dunklen Anzug hinter ihnen.

»Ekelhaft, widerlich!«, schimpft die Frau. »Alles vollgespeichelt! Wer soll das denn noch kaufen?«

Der schwarze Herr packt Gisi und Anja an den Armen: »Also, bitte, kein Aufsehen! Ihr beide kommt jetzt erst mal mit in mein Büro! Oder muss ich die Polizei holen?«

»Fass mich nicht an! Kinderschänder!«, zischt Anja und reißt sich los. »Kinderschänder! Sittenstrolch!«, schreit sie. »Los, komm, Gisi, abhaun!«

Doch Gisi kann nicht. Nachdem Anja entwischt ist, hat der schwarze Herr Gisi mit beiden Händen umso fester gefasst. Sofort bildet sich eine Traube von Menschen, die sie neugierig anstarren.

»Hat sie geklaut? Ladendiebstahl?«

»Kinderkriminalität! Traurige Zeiten!«

»Die werden immer jünger. Und dreister!«

»Alles in Ordnung, ich bin der Hausdetektiv«, sagt der schwarze Herr und zeigt einen Ausweis. »Gehn Sie auseinander!« Und zieht Gisi mit eisernem Griff hinter sich her.

Wenig später sitzt Gisi im Büro des Abteilungsleiters. Wie eine Verbrecherin. Ob sie jetzt schon ein

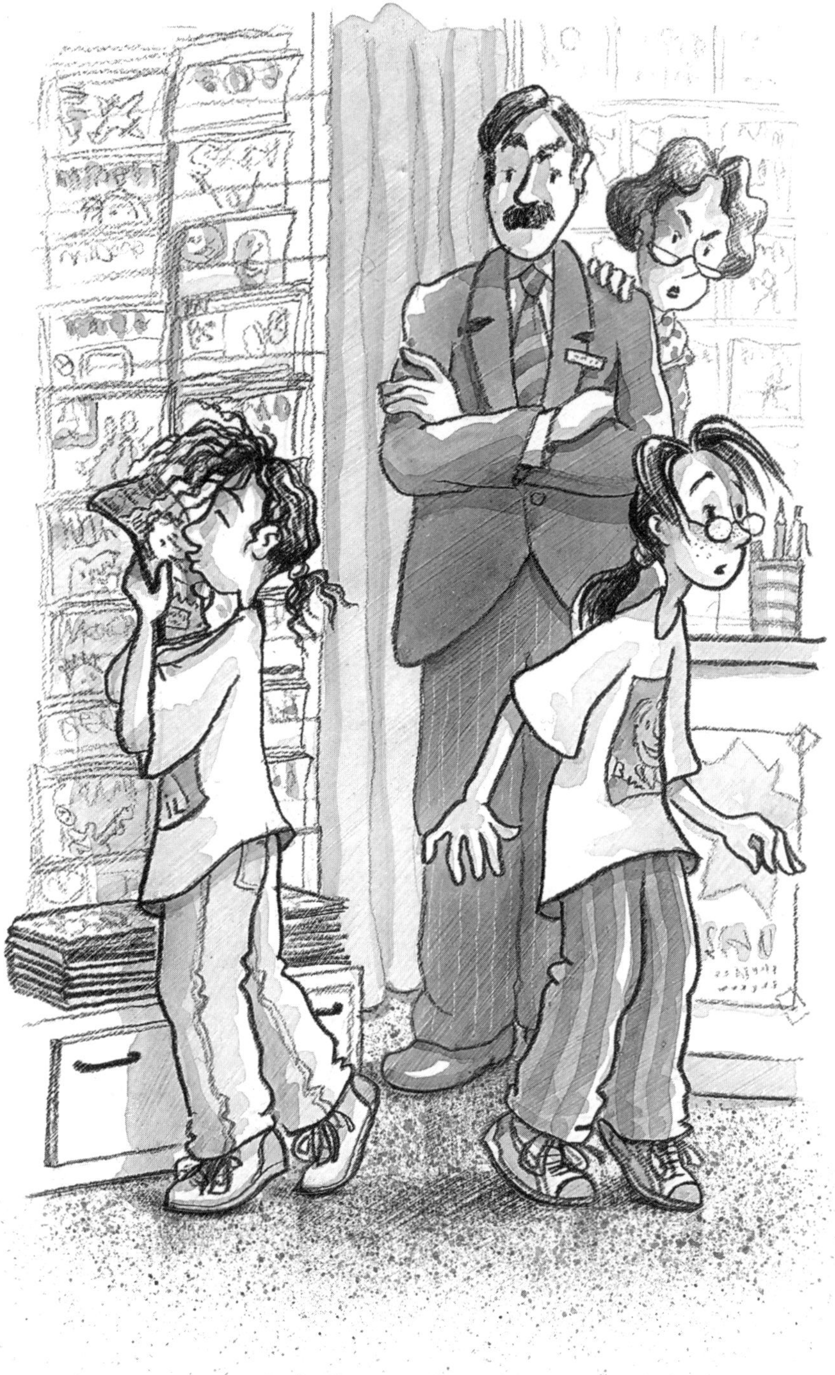

bisschen weinen soll? Aber irgendwie ist es auch total spannend. Wie in einem Krimi. Nur dass sie diesmal die Hauptperson ist.

»Ich kann alles bezeugen«, sagt die Verkäuferin. »Über die Spiegel hab ich alles ganz genau beobachtet. Die Kleine hat Schmiere gestanden. Und ihre Komplizin hat sämtliche Titelbilder angespuckt. Das ist eklig, die kann ich nicht mehr verkaufen, unhygienisch ist das!«

Gisi überlegt fieberhaft, was sie sagen soll. ›Kein Wort ohne meinen Anwalt‹, oder so ähnlich, heißt es doch immer. Doch erst mal beschließt sie, einen völlig verzweifelten Blick zu haben. Schräg aus den Augenwinkeln. Mit gesenktem Kopf. Vielleicht weckt das Mitleid. Oder väterliche Instinkte.

»Ich war's nicht. Wirklich.«

»Hör mal, Kleine, wir machen das ganz diskret. Du sagst mir einfach nur deinen Namen und den von deiner Freundin. Dann kannst du gehn und ich regle das alles mit euren Eltern.«

Doch Gisi schüttelt den Kopf. Auf keinen Fall darf sie Anja verpetzen. Ihre Eltern leben in Scheidung. Für den Vater wäre diese Sache wahrscheinlich ein gefundenes Fressen. Der will sie ja sowieso am liebsten ins Internat stecken. Und der Mutter das Sorgerecht entziehen. Weil sie nicht streng genug sei …

»Das war keine Freundin ... die ... die kenn ich überhaupt nicht.«

»Sie lügt!«, sagt die Verkäuferin. »Schamlos! Man sollte die Polizei holen!«

»Die Beweise sind eindeutig«, mischt sich der Detektiv ein. »Ich habe sie lange genug beobachtet. Erstens: Beide haben die Ketchupboys auf ihren T-Shirts. Zweitens: Bespeichelt – oder meinetwegen auch: geküsst – wurde immer wieder das Titelblatt mit diesem ... diesem Phil. Und drittens hat die Delinquentin ihre Mittäterin ja eindeutig beim Namen genannt: Gisi!«

»Also gut, Fräulein Gisi. Wir haben Zeit.« Demonstrativ blickt der Abteilungsleiter auf seine Uhr. »Ladenschluss ist 20 Uhr 30. Bis dahin bist du Gast unseres Hauses und kannst dir gern was aus der Cafeteria zum Abendessen bestellen. Spätestens danach aber müsste ich die Polizei um Amtshilfe bitten. Damit deine Eltern sich nicht allzu sehr ängstigen. Oder bist du schon strafmündig?«

Stinkesauer

Nichts geht mehr!

Gisi bleibt nichts anderes übrig, als ihren Namen und ihre Anschrift im Kaufhaus zu hinterlassen. Dann fährt sie so schnell es geht mit dem Bus nach Hause und beichtet alles ihrer Mutter. Nicht ohne Tränen. Denn schließlich – ein bisschen Angst und Aufregung war schon dabei.

»Ich will nicht, dass Anja ins Internat muss. Sie ist meine beste Freundin.«

Zum Glück hat ihre Mutter wenigstens dafür Verständnis. Sie verspricht dichtzuhalten. Obwohl sie Gisis beste Freundin nach wie vor für einen ›schlechten Einfluss‹ hält. Doch dass Anja ins Internat muss, will sie natürlich auch nicht.

»Ich respektiere, dass du deine Freundin nicht verraten willst. Aber dann musst du auch persönlich dafür geradestehn!«

»Okay«, sagt Gisi kleinlaut.

Die Katastrophe nimmt ihren Lauf.

Ein paar Tage darauf erhält Gisis Vater einen Brief von der Direktion des Kaufhauses. Die Direktion sei zu einer gütlichen Einigung bereit, wenn Gisis Vater bereit wäre, für den entstandenen Schaden aufzukommen. Für die 27 beschmutzten Exemplare der TV-Zeitschrift werden 54,- Mark berechnet. Dazu 100,- Mark Bearbeitungsgebühr sowie eine Unkosten- und Materialpauschale von 20,- Mark.

»Summa summarum 174,- Mark«, sagt Gisis Vater. »Allerdings: von deinem Taschengeld. Damit wir da klar sehn. Also bitte, wenn dir deine Freundin das wert ist?«

Gisi nickt. »Klar doch, Paps! Kann ich's anschreiben?«

»Nein!« Diesmal kennt ihr Vater keine Gnade. Er besteht darauf, dass sie es ihm sofort auszahlt. »Bargeld lacht!«

Damit gehen die letzten Scheinchen dahin, das ganze Geld, das sie sich für den Tag X aufgespart hat. Gisi ist jetzt nicht nur verzweifelt, sondern auch arm. Arm wie eine Kirchenmaus.

Natürlich wird ihr Anja eines Tages alles wieder

zurückzahlen. Ehrensache. Aber im Augenblick ist sie selbst pleite.

Damit ist das Konzert in unerreichbare Ferne gerückt. Doch selbst, wenn sie das Geld hätte, mit ihrer Mutter läuft zurzeit überhaupt nichts mehr:

»Und vor allem drei Worte möchte ich in nächster Zeit nicht von dir hören. Das erste heißt *Ketchupboys*. Das zweite *Ben*. Und das dritte *Anja*. Ist das klar?«

»Jajaja«, sagt Gisi in einem Tonfall, der andeutet, dass sie davon nicht gerade begeistert ist. Und bringt damit ihre Mutter erst recht in Rage.

»Und dieses blöde Hemd möchte ich auch nie wieder sehen an dir! Verstanden?!«

Gisi zieht sich das T-Shirt über den Kopf und wirft es in den Papierkorb. »Alles müsst ihr mir kaputt machen, alles!« Schluchzend läuft sie die Treppe hoch, knallt die Tür hinter sich zu, wirft sich auf ihr Bett. Und lässt eine völlig verdatterte Mutter zurück.

Seitdem ist Ruß in der Küche. Die Luft zum Schneiden. Kein Zweifel: Gisis Mutter ist stinkesauer. Und Gisi auch.

Die allerletzte Chance
Dein Geburtstag ist heut!

Die Tage verstreichen. Und leider auch ein Tag, den sich Gisi extra in ihrem Kalender vermerkt hat: die Ziehung der Hauptgewinne. Die ganze Woche über lässt Gisi die Tür ihres Zimmers offen und liegt mit Elefantenohren auf der Lauer, um den möglicherweise glücklichsten Moment ihres Lebens nicht zu verpassen. Doch kein Telefonanruf, keine Türklingel, kein Postbote vor der Tür, kein Kuvert mit Konzertkarten.

Und auch, als Gisi am Dienstag die neue Fanzeitschrift nach dem Gewinner durchblättert, findet sie nicht ihren Namen, sondern das Foto einer angeblich glücklich lächelnden Corinna S. aus Pinneberg, die zwei Konzertkarten plus Backstage-Besuch bei den Ketchupboys gewonnen hat. Noch nie war Gisi so wütend. Nicht, dass sie neidisch wäre, aber die blöde Kuh ist längst schon verheiratet und viel zu alt für eine boy group. Zum Konzert will sie ihren Mann mitnehmen! Muss man sich mal vorstellen! Empörend!

Gisi nimmt sich vor, zusammen mit Anja, Taco und Carsten einen gepfefferten Protestbrief zu schreiben. Grufties über zwanzig sind von der Teilnahme auszuschließen!!!

Mist! Die Preisausschreiben sind auch nicht mehr das, was sie mal waren. Im Grunde bleibt Gisi jetzt nur noch eine einzige, ihre allerletzte Hoffnung. Beziehungsweise die letzte Chance. Für ihre Eltern: Gisis Geburtstag.

Am Abend zuvor kann sie nicht einschlafen. Irgendetwas kribbelt im Zeh, juckt am Rücken, zieht im Kopf. Mal ist ihr Arm zu heiß, mal der Fuß. Gisi kriecht aus ihrem Bett, geht auf den Dachbalkon. Eine laue Sommernacht. Sternenhimmel. Und obendrein noch Vollmond. Doch auf keinem der vielen Dächer kann sie einen Mondsüchtigen entdecken. Obwohl es doch riesigen Spaß machen müsste und lustig wäre, wenn alle mondsüchtigen Kinder gleichzeitig in langen weißen Nachthemden auf den Dachgiebeln balancieren würden. Ob sie es einfach mal probieren soll?

Verlockend ist es schon. Gegenüber in einigen Häusern am Hang ist noch Licht. Plötzlich sieht sie eine Sternschnuppe, schließt die Augen, wünscht sich was.

Was wohl?

Noch kurz mal leise auf Zehenspitzen in die Küche runter, an den Kühlschrank. Einen Schluck Apfelsaft trinken. Und jetzt endlich kann sie beruhigt einschlafen.

Am nächsten Morgen früh um sieben ist die Familie vor ihrem Bett versammelt. Sie geben sich wieder mal alle erdenkliche Mühe. Singen das übliche Geburtstagslied:

Und der Kuchen auf dem Ti-ische
Macht sich dick und macht sich brei-ei-eit:
Guten Morgen, liebe Gisi,
dein Geburtstag ist heut!

Mutter wie eine Operndiva, Vater meist daneben, Taco absichtlich falsch.

Trotzdem, es gefällt ihr, klingt irgendwie versöhnlich.

Vielleicht hat sie ja doch alles ein wenig zu schwarz gesehen. Sich reingesteigert in die Depri. Und vielleicht haben ihre Eltern mittlerweile ja auch eingesehen ...

Nach dem Wecksingen runter ins Wohnzimmer zum Geburtstagstisch. Klar, dass Gisi heute etwas nervöser als sonst ist.

Kerzen, Blumen, Geschenke. Hastig alle abgeküsst, zack, zack, zack, Geschenke aufgerissen. Von wem? Von dir? Küsschen. Küsschen. Küsschen. Nach den Geschenken ritscheratsche alle Briefkuverts. In einigen sind grüne, in anderen braune Scheinchen.

Aber etwas fehlt. Das Allerwichtigste.

Gisi glaubt zu fallen. Tief. Immer tiefer. In ein bodenloses Loch.

Endlich kommen die Tränen. Im Schimmer der Geburtstagskerzen.

Wie fremd ihre Gesichter plötzlich sind, steinern, verschlossen. Unerreichbar fern.

Als sie den Blick ihres Vaters sucht, wendet er sich ab. »So was ...«, murmelt er.

»Undankbar.« Gisis Mutter schaut aus dem Fenster. »Da gibt man sich alle erdenkliche Mühe ...«

„Darf ich die Kerzen auspusten?«, fragt Taco. Und fängt schon damit an. Doch Gisi ist jetzt sowieso alles egal.

Beim Frühstück eisiges Schweigen.

»Überfüttert, verwöhnt ...« Papa knurrt. »Macht keinen Spaß mehr, muss ins Büro ...«

Als wären Kinder nur dazu da, den Eltern Spaß zu machen. Scheiß Geburtstag. Keiner versteht mich. Die haben doch 'ne Hornhaut auf dem Herzen. Denken immer nur an sich. Wenn das erwachsen sein soll, will ich's niemals werden.

Gar nichts hättet ihr mir schenken müssen, gar nichts. Keine Uhr, keine Pferdebücher, kein Marzipan, keine Bluse, keine Goldmünze, kein Kettchen. Und überfüttert bin ich schon gar nicht.

Ein kleines Stück Papier hätte völlig gereicht.

Eine einzige Eintrittskarte.

Dann hättet ihr mal gesehen, wie dankbar ich sein kann.

In solch einer Lage kann man sich nur aufs Bett werfen, in die Kissen heulen. Gisis Enttäuschung ist so groß, dass selbst ihr Riecht-wie-ich kaum noch etwas nützt.

Das Riecht-wie-ich – beziehungsweise: »Stinkt-wie-du«, wie Taco es nennt – ist Gisis Schlummertuchmonster. Das undefinierbare Kuschelwesen enthält sämtliche Düfte ihrer Kindheit und hat noch nie eine Waschmaschine von innen gesehen. Eigentlich heißt es Schlumpumpel. Gisis Mutter hatte es irgend-

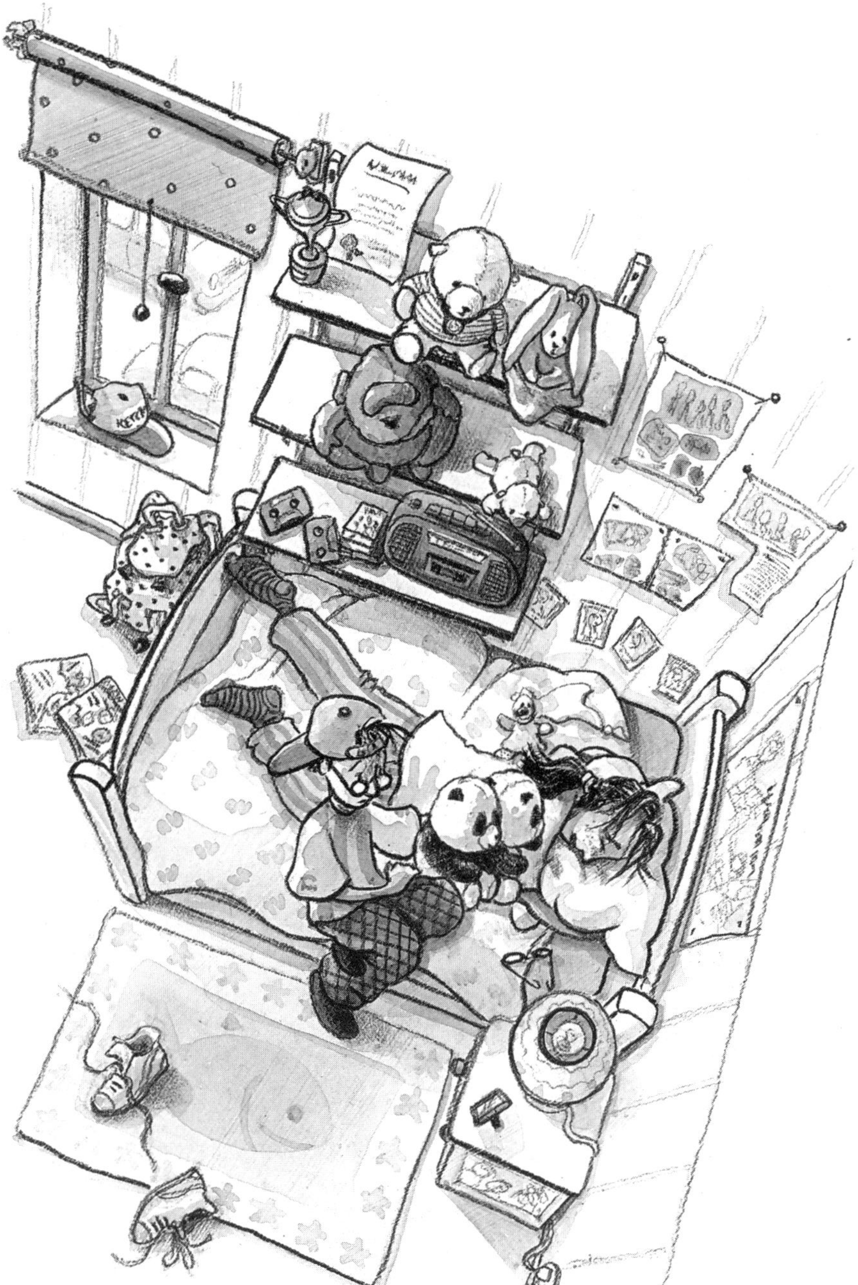

wann einmal aus alten Stoffresten zusammengenäht und ihm als Kleid und Schleier das uralte Schlummertuch angezogen, das Gisi schon als Säugling beim Einschlafen geholfen hatte.

Gisis Schluchzen wird immer lauter. Denn entsetzliche Gedanken stürmen auf sie ein. Zu spät. Total ausverkauft. Bestimmt gibt es jetzt in ganz Europa keine einzige Karte mehr. Und in Deutschland schon gar nicht.

Da kommt Taco und setzt sich vorsichtig auf Gisis Bettkante. Allerdings nicht allein. Immer wenn er Gisi trösten will, begleitet ihn Don Alfonso, genannt Älfchen, mit dem frechen Bärenblick. Und natürlich auch Molly. Alfons kuschelt seine schwarz-weiße Bärenschnute an Molly Pandatchecks weiß-schwarzes Wuschelohr. Und Taco lässt ihn zärtlich brummen:

Du hast ja Tränen in den Augen ...
Das will ich niemals wieder sehn
Denn ohne Tränen in den Augen
Bist du tausendmal so schön ...

Molly, zärtlicherweise auch Möllchen genannt, ist nämlich Alfons' bester Kumpel. Und, wie wir wissen, zugleich auch seine manchmal Geliebte und Zwillingsschwester. Auf jeden Fall ist sie Älfchen wie aus dem Gesicht geschnitten. Es gibt nur einen einzigen Unterschied: Während Älfchen freche Augen hat, liegt in Mollys Blick eine sehnsüchtige Traurigkeit, die bis ins allerfernste China reicht. Eigentlich gibt es also immer einen Grund, Molly zu trösten. Und wenn er will, kann Älfchen sehr, sehr zärtlich sein.

Da muss Gisi erst recht heulen. Aber irgendwie tut es gut, dass Taco sie versteht. Wenigstens einer. Nach und nach schleppt Taco den ganzen Fanclub an und breitet ihn auf Gisis Bett aus.

»Die sind ja so was von gemein!«, schimpft Hugo Hubert Hubbsie. »Wir sollten schleunigst alle unsere Rucksäcke packen und abhauen!«

»Toll!«, jubelt Älfchen. »Alle zusammen!«

»Super!«, sagt Molly, »Ganz, ganz weit! Am besten nach China! Da gibt es das köstlichste Pandafutter!«

»Und unsere richtigen Pandaeltern sind auch viel lieber ...«, schimpft Älfchen.

»Wisst ihr was«, schlägt Hugo Hubert Hubbsie vor, »wir machen eine Mitgliederversammlung mit dem ganzen Fanclub. Dann können wir in Ruhe beraten, wohin wir auswandern, und stimmen ab!«

»In Ordnung, aber vorher macht unser Leibwächter Wickett W. Warrick schnell noch eine Ausweiskontrolle, damit sich kein Spion einschmuggelt!«, schlägt Alfons vor. »Und jeder zahlt mir eine Sicherheitsgebühr von fünf Mark!«

15

Gisi trägt Schwarz

Carsten hat eine Idee!

Und doch: ohne Probleme keine Lösung. Auch diese Sackgasse hat einen Ausweg. Irgendwie wird es klappen. Es muss einfach. Und wenn die Eltern es ihr noch so sehr verbieten. Gisis Entschluss steht fest: Sie wird dabei sein!
Schließlich wartet er ja auf sie.
›... vielleicht irgendein süßes Mädchen, das mir in diesem Moment gerade zuschaut. Vielleicht in Tokio, L.A. oder in Heidelberg!‹ Selbst im Sportunterricht, beim Weitsprung, gehen ihr seine Worte nicht aus dem Kopf. Kein Wunder, dass Gisi übertritt. Immer wieder sieht sie Ben vor sich. In der Pressekonferenz. Wie er plötzlich die Augen auf sie richtet, direkt in die Kamera blickt und sagt: »Vielleicht ist sie erst

zehn, elf oder zwölf. Aber wenn sie auf mich wartet ... meine kleine Herzensbraut ... ich werde es auch tun!«

Kein Zweifel: Ben und Gisi sind miteinander verabredet.

Das Geld für die Karte hat sie fast schon zusammen. Sechzig Mark von ihrem Geburtstagsgeld hat sie von den Eltern unbemerkt beiseite geschoben. Von Briefumschlag zu Briefumschlag. Und Anja will ihr am nächsten Wochenende bereits eine erste Rate zurückzahlen, für das Rekordküssen im Kaufhaus. Damit könnte sie sich wenigstens schon mal eine Eintrittskarte besorgen. Heimlich, versteht sich. Bloß, wie soll sie zum Konzert kommen? Abhauen?

Gisi ahnt während ihrer geheimen Planungen noch nicht, welche Katastrophe sie erwartet. Ein Alptraum! Über Nacht sind plötzlich alle Plakate der Ketchupboys mit roten Streifen überklebt: AUSVERKAUFT! Und in den Zeitungen steht es auch: Ausverkauft. Deutschlandtournee total ausverkauft. Als wäre das etwas Tolles.

Seit diesem Tag geht Gisi nur noch in Schwarz. Schwarze Strümpfe, schwarzes T-Shirt, schwarze Jeans. Schwarzer Rock, schwarze Bluse, schwarze Schuhe. Wie eine Witwe. Sogar die Fingernägel hat sie sich schwarz lackiert. Doch ihre Eltern registrieren das überhaupt nicht. Auch nach einer Woche noch nicht.

Nur Carsten sagt immer wieder: »Kopf hoch!«

Doch ein Lächeln entlockt er ihr auch nicht. Trotzdem: Irgendwie ist er ihr ein Beistand und rührend besorgt.

»Jeden Tag versuche ich es, Gisi, glaub mir! Ich habe Flohmarktanzeigen aufgegeben und grase das ganze Internet ab. Irgendwie wird es klappen!«

Doch dann ist selbst diese Hoffnung zunichte. Eine weitere Katastrophe bahnt sich an.

Anja steht heulend vor der Haustür. »Habt ihr schon gehört? Andrew will sich von den Ketchupboys trennen. Jetzt ist alles aus.«

Am Abend verkünden fast alle Nachrichtensendungen die Hiobsbotschaft: Ketchupboys trennen sich. Deutschlandtournee geplatzt.

Es liegt alles an Andrew. Andrew will nicht mehr. Ausgerechnet er. Der Kopf der Gruppe. Der die besten Lieder geschrieben hat. Auch wenn er bei weitem nicht so süß aussieht wie Ben.

Sogar die Tagesschau bringt einen ausführlichen Bericht. Tränenüberströmt stellen sich verzweifelte Fans den Reporterfragen. Pfarrer und Psychologen suchen nach einer Lösung. Versuchen Trost zu spenden. Der Moderator spricht bereits von einer Mas-

senhysterie. Ein Telefonnotdienst wird eingerichtet. Überall gibt es Tränen.
Jetzt ist alles aus.
»Siehst du, jetzt ist es sowieso geplatzt, dein Konzert!«, meint Gisis Mutter. »Hätten wir uns sparen können, die ganze Aufregung. Und eigentlich könntest du jetzt wirklich mal aufhören mit dem Übelnehmen!«
Und ihr Vater fügt hinzu: »Ja eben. Viel Lärm um nichts. Na, wollen wir uns jetzt nicht wieder vertragen?«
Gisi kocht vor Wut. Ohne zu antworten verlässt sie das Wohnzimmer.

Doch schon am nächsten Morgen ist die Welt wieder in Ordnung. Zumindest für Anja und alle, die schon eine Eintrittskarte besitzen. Irgendein Journalist hatte sich alles einfach nur aus den Fingern gesogen. Eine Ente im Sommerloch. Mehr nicht.
»Hihihi! Hab ich mir doch gleich gedacht!«, näselt Hugo Hubert Hubbsie. »Ein ganz, ganz raffinierter Werbegag!«
Und Alfons meint: »Geniale Idee. Könnte von mir sein.«
In ganz Deutschland ist eine regelrechte Hysterie ausgebrochen. Die Ketchupboys sind plötzlich in al-

ler Munde, ihre CDs und Fanartikel gehen weg wie warme Semmeln. Und es werden sogar drei Zusatzkonzerte angekündigt: in Emden, Rostock und Berlin. Eigentlich eine frohe Botschaft für alle Fans, die noch keine Karten haben. Doch wie, um Himmels willen, soll Gisi von Heidelberg nach Emden, Rostock oder Berlin kommen?

Doch Taco, beziehungsweise Hugo Hubert Hubbsie, hat bereits die ultimative Idee: »Tauschbörse!« Über das Internet könne man jetzt bestimmt wieder Karten tauschen. Und doch noch eine für Frankfurt bekommen.

»Weißt du, Gisi, wir versuchen es einfach mal!« Und noch am selben Abend hämmert Hugo Hubert mit seinen Hasenpfoten wie wild in die Tastatur von Tacos Computer. Und tatsächlich: Schon nach wenigen Minuten findet er ein Angebot.

»Zwei Karten! Frankfurt!« Doch dann ist auch er ratlos: »Sie wollen einen Verrechnungsscheck von mir«, murmelt er kleinlaut.

Gisi holt sich das Telefon in ihr Zimmer und nimmt sogleich Verbindung mit Carsten auf. Und der kommt sofort. Obwohl es schon ziemlich spät ist. Er wolle Gisi noch ein paar Tips für die Mathearbeit geben, erklärt Carsten ihrer ein wenig erstaunten Mutter.

Und dann stecken sie zu dritt noch einmal die Köpfe zusammen: Carsten, Gisi und Taco.

»Kein Problem«, meint Carsten. »Irgendwie werd ich das meinem Alten schon verklickern. Wenn ich ihm das Geld gebe, stellt er mir bestimmt den Scheck aus ... Frage ist nur, ob die auch eine Karte einzeln verkaufen ...?« Carsten scheint plötzlich etwas unsicher geworden zu sein. »Aber ... vielleicht ... Gisi ..., wenn ...«

»Wenn was?«

»Ich mit dir ...?«

»Du?«, fragt Gisi erstaunt. »Zu den Ketchup ... Wir beide?«

»Ja? Ich meine, das wären doch dann ... zwei Karten!«

»Sicher! Super! Genial!« Gisi ist überglücklich. So überglücklich, dass sie Carsten sogar umarmen und ihn abküssen könnte. Doch dann entscheidet sie sich dafür, ihn zum Dank lieber dreimal in die Rippen zu boxen.

»Ey, ey – war das jetzt ein Heiratsantrag, oder was?«, näselt Hugo Hubert und bekommt dafür von Gisi gleich was hinter die Löffel.

Erst nach einer ganzen Weile fällt ihr ein, dass es da ja immer noch ein gewaltiges Problem gibt: Wie sag ich's meinen Eltern? Nie und nimmer werden sie es ihr erlauben. Die sind ja immer noch so stinkesauer.

»Weißt du, Carsten, wenn die nur das Wort *Ketchupboys* hören, gehen sie schon an die Decke!«

»Ach was, wir müssen es ihnen nur irgendwie schmackhaft machen«, meint Carsten. »Wir müssen es ihnen so unterschieben, dass sie einfach nicht mehr nein sagen können. Ich glaub, ich hab sogar 'ne Idee. Wir drei gründen einfach eine GMBH ...«

»Eine ... was?«

»Gesellschaft mit beschränkter Haftung!«

»Ja und? Wozu?«

»Na ja, du löst doch so gern Preisausschreiben ...?«

»Nee, eigentlich nicht mehr ... Wieso?«

»Wart's ab! Taco muss mir natürlich helfen. Er hat doch so einen tollen Computer. Und euer Vater einen Superdrucker. Also, wenn bei euch grade mal kein Erwachsener zu Hause ist ... Ruft mich an!«

»Prima!«, mischt sich Hugo Hubert Hubbsie ein. »Am besten nennen wir sie C-G-T!«

»Wen?«

»Unsere beschränkte Gesellschaft natürlich, die nicht pappt, ich meine: die nicht haftet!«

»C-G-T?«

»Genau! Carsten – Gisi – Taco = C-G-T!«

»Wahnsinn!«, freut sich Alfons, der sofort ein Bärengeschäft wittert. »Dann könnte ich endlich an die Börse und Aktien verkaufen, an alle echten und wahren Ketchupfans!«

Bußgeld für schlecht erzogene Eltern
Sagtmannicht sagt man nicht!

Wenigstens hat Gisi jetzt schon mal eine Karte. Mit anderen Worten: Sie werden sich sehen. Ben und Gisi. Gisi und Ben. Und wenn sie ausreißen muss. Gisi ist fest entschlossen. Zur Not würde sie sogar trampen oder schwarzfahren. Als blinder Passagier. Mit dem ICE. Notfalls würde sie sich die ganze Strecke über auf dem Klo einschließen. Es sind ja schließlich nur knapp vierzig Minuten bis Frankfurt.

Doch Carsten ist zuversichtlich, dass es vielleicht doch noch einen anderen Weg gibt. Zusammen mit Taco hat er einen ganzen Nachmittag lang am Computer rumgetüftelt.

»Du, Gisi, du brauchst jetzt wirklich nicht mehr Schwarz zu tragen!«, meint Carsten am nächsten

Morgen in der großen Pause. »Was hältst du von einem kleinen Ausflug nach Baden-Baden? Mein Vater hat dort am Samstag einen Termin. Er muss da was arbeiten.«

»Arbeiten-arbeiten? In Baden-Baden?«, kichert Gisi.

»Ja. Da könnten wir mit ... Vielleicht ... schwimmen? Hast du Lust?«

»Baden-Baden? Carsten-Carsten? Schwimmen-schwimmen? Gern-gern!«

»Also abgemacht?«

»Sicher, ich muss nur noch meine Eltern fragen, ob sie erlauben, dass ich in Baden-Baden mit dir duschen-duschen darf.«

»Genau. Und vor allem könnten wir dort ja auch das hier ... aufgeben-aufgeben!!« Aus seiner Tasche zieht Carsten einen blassblauen Briefumschlag. »Ein Einschreiben-Einschreiben für Gisela-Gisela.«

»Habt ihr's geschafft?«, fragt Gisi aufgeregt und Carsten erwidert stolz: »Klar doch! Professionell!«

Erstaunlicherweise haben Gisis Eltern nichts gegen den Ausflug. Im Gegensatz zu Anja gilt Carsten als guter Einfluss. Vielleicht sind sie auch froh, dass Gisi endlich mal wieder einen Wunsch äußert, der nichts mit den Ketchupboys zu tun hat.

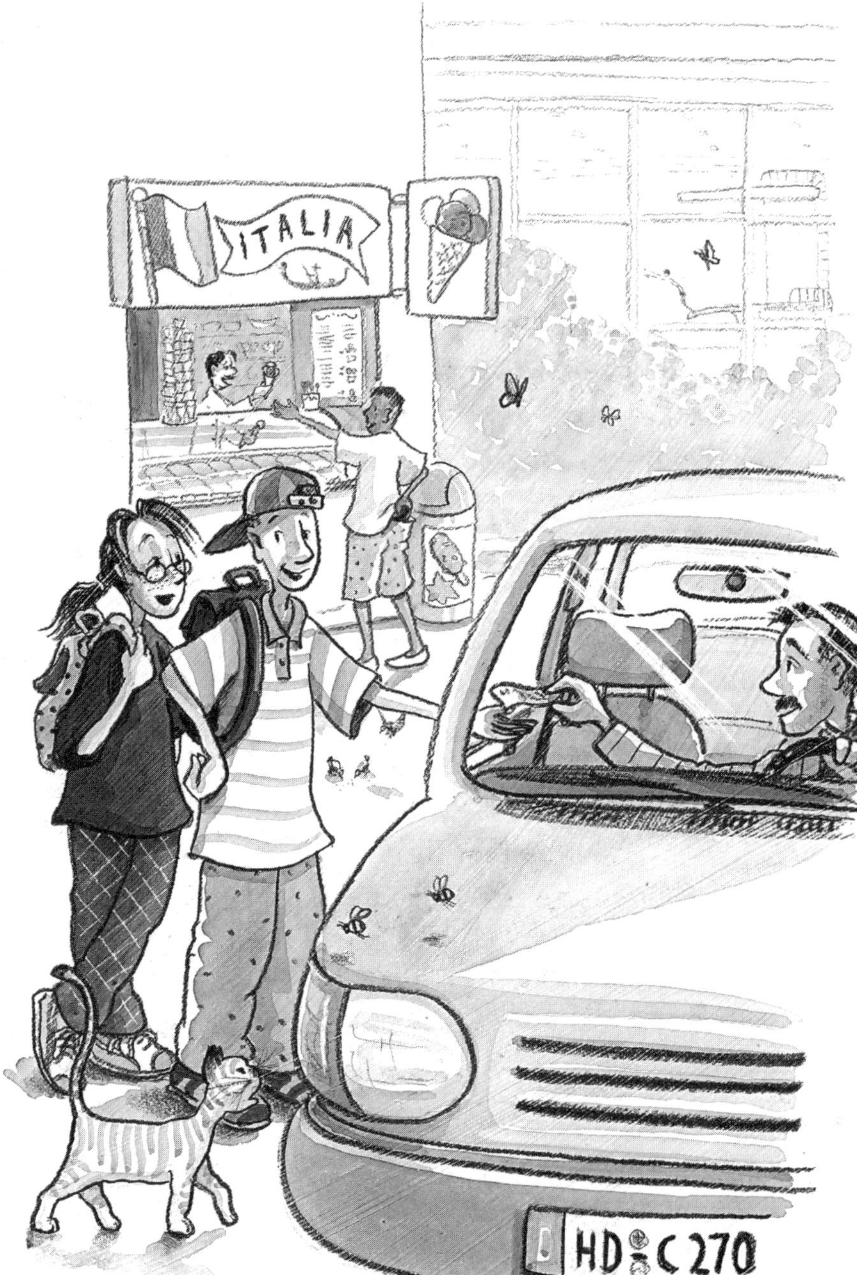

ITALIA
HD C 270

Als Carstens Vater die beiden vor der Caracalla-Therme aus dem Auto steigen lässt, hält Carsten die Hand auf und sagt: »Bußgeld bitte.«

Wortlos zückt sein Vater das Portemonnaie und fragt: »Wie viel?«

»Acht Mark«, sagt Carsten.

»Oh, *Shit*!«, entfährt es ihm. »Na schön. Dann eben zehn! Viel Spaß!«

Carsten empfängt einen Zehnmarkschein und lädt Gisi erst mal zu einem Eis ein. Eis lutschend gehen sie durch die Innenstadt und suchen nach dem Postamt, um das Einschreiben aufzugeben.

»Ganz schön spendabel, dein Vater«, meint Gisi.

»Das war keine Spende, das war Bußgeld«, erwidert Carsten und erzählt Gisi von dem geheimen Abkommen, das er mit seinem Vater getroffen hat.

Vor etwa drei Jahren habe sich sein Vater einmal fürchterlich darüber aufgeregt, dass Carsten das Wort *Sagtmannicht* gesagt hatte. Noch dazu bei Tisch. Und ausgerechnet, als seine Erbgroßtante Mechtild zu Besuch war. Deshalb habe sein Alter wohl versucht, den superstrengen Vater zu spielen, und gesagt: »Carsten, ich verbiete dir ein für alle Mal, so ein schlimmes Wort zu gebrauchen! Ein für alle Mal!«

»Was denn für ein Wort?«, fragt Gisi.

»*Sagtmannicht!*«

»*Sagtmannicht?*« Gisi runzelt die Stirn.

Genau. Sein Vater habe ihm sogar mit Taschengeldabzug gedroht: Fünfzig Pfennig für jedes *Sagtmannicht*. Aber da habe er protestiert: »Wieso eigentlich ich? Du, du sagst doch auch ständig *Sagtmannicht*!« Und sein Vater habe ihn daraufhin ganz verdattert angeschaut ...

»Ich hab's!« Gisi lacht. »Ein Wort, das mit *Sch* anfängt und mit *ße* aufhört! Stimmt's?«

»Genau«, bestätigt Carsten. »Und in der Mitte ein *ei*.« Jedenfalls habe er Tante Mechtild mal gründlich aufgeklärt über seinen vornehmen Herrn Papa und dessen Schimpfereien. Vor allem beim Autofahren. Also, wenn er das mal alles auf Tonband aufnehmen würde. Na ja, und als sein Vater das am nächsten Tag immer noch leugnen wollte, habe er einfach nur »Wetten dass!« gesagt, seinem Vater die Hand hingehalten, und: »Top! Die Wette gilt!«

»Echt cool!«, findet Gisi.

»Tja. Und seitdem zahlt er mir für jedes *Sagtmannicht* beim Autofahren zwei Mark Bußgeld. Da kommt ganz schön was zusammen im Jahr.«

»Aber heute hat er doch gar nicht ... *Sagtmannicht* gesagt«, wendet Gisi ein.

»Logisch. Meine Erziehung!«, triumphiert Carsten. »Das Wort *Sagtmannicht* hat er mittlerweile schon aus seinem Wortschatz gestrichen. Aber, hast ja gehört: *Lahmarsch, Idiot, Esel, Hirschkuh, Shit kostet natürlich auch etwas. Genauso wie Dappel, Depp, Sonntagsfahrer, Blondine, Blödmann, Hornochse, Pissnelke* ... Was sagen denn deine Eltern so alles beim Autofahren?«

....
....
....
....
....
....

Das Einschreiben
Hau... Hau... Hauptgewinn!

Zwei Tage später klingelt es an der Haustür.
»Einschreiben für Frau Gisela Bergmann«, murmelt die Briefträgerin. »Ihre Frau?«
»Nö, eigentlich ... die Tochter.« Gisis Vater unterschreibt. Aber ein wenig verwundert ist er doch. »Gisela, Post für dich!«, ruft er ins Treppenhaus. »Ein Einschreiben!«
»Einschreiben?« Die Mutter stürzt aus der Küche herbei. »Für Gisi? Gibt's doch nicht.«
Und auch Taco rutscht auf dem Geländer die Treppe herunter. »Was ist es denn?«
»Von einer C-G-T Entertainment«, liest der Vater vor. »Aus Köln. Aber aufgegeben in Baden-Baden.«
»Baden-Baden?«

Gisis Mutter runzelt die Stirn. »Komisch ...«

Gisi spürt, wie ihre Knie weich werden.

»Mach doch auf!«, bettelt Taco.

»Nenenenee! Das darf nur Madame Gisela Bergmann persönlich. Es gibt schließlich ein Postgeheimnis. Hier, Gisi!« Schmunzelnd überreicht der Vater den Brief und streicht ihr dabei über das Haar. »Niemals öffnet ein guter Vater die persönliche Post seiner Tochter.«

Zitternd vor Aufregung öffnet Gisi den blassblauen Brief. Hoffentlich hat keiner gemerkt, dass sie einen puterroten Kopf hat. Und dass sie ihn überhaupt nicht lesen kann. Die Zeilen verschwimmen, die Buchstaben tanzen.

»Na, was steht denn drin?«, drängelt die Mutter.

»Oje, Hau... Hauptgewinn, gewonnen, ich ...«, stammelt Gisi.

»Gewonnen, gewonnen!«, brüllt Taco und tanzt wie ein Wilder durch den Flur. »Gisi hat gewonnen!!!«

»Was denn, was denn?«, fragt ihr Vater.

»Da, lies selber, ich darf es ja nicht aussprechen!«, sagt Gisi und hält ihm den Brief hin.

Während die Eltern über dem Brief die Köpfe zusammenstecken, rennt Taco nach oben und holt alle Stofftiere zum Feiern.

»Champagner! Feuerwerk! Raketen!«, ruft Hugo Hubert Hubbsie.
»Gisi hat gewonnen!«, brüllt Alfons. »Alle, die mitfeiern wollen, bitte in einer Reihe anstellen und Vergnügungssteuer zahlen!«
Und Molly säuselt: »Also, ich wüsste ja zu gern, was da drin steht, in dem Brief.«
»Also gut, alle mal herhören, ich lese vor!«, sagt Gisis Vater und liest:

C-G-T Entertainment GmbH & Co KG
Konzerttourneen

Köln am Rhein, 31. Juni

Sehr geehrte Frau Gisela Bergmann,
wir beglückwünschen Sie zu Ihrem ganz persönlichen Gewinn.
Sie gehören zu den 237 Einsendern des richtigen Lösungswortes
B-E-N
und wurden unter Aufsicht unseres Notars danach als einer der dreißig Hauptgewinner ausgelost. Anbei erhalten Sie eine persönlich und nicht übertragbare Eintrittskarte für das Konzert der Ketchupboys am 15. Juli in der Frankfurter Messehalle.

Der Rechtsweg ist ausgeschlossen.
Ohne Gewehr.
Wir gratulieren!
Im Namen der Direktion

Carsten T. Apfelböck

(Carsten T. Apfelböck,
Presse und Marketing)

Gisi hat genau gesehen, wie ihr Vater bei dem Wort Ketchupboys den Mundwinkel verzog und ihre Mutter die Augen verdrehte.

Eine Weile herrscht Schweigen. Mama und Paps werfen sich vielsagende Blicke zu.

»Na, was ist, darf sie?«, fragt Hugo Hubert Hubbsie.

Und Molly und Älfchen betteln: »Bitte, bitte, bitte! Sonst bricht doch ihr Herz entzwei!«

Und Gisis Augen sind plötzlich voller Tränen.

»Na ja ...«, murmelt die Mutter. »Wenn sie gewonnen hat ... Was meinst denn du, Norbert ...?«

»Dasselbe wie du ... Nun ja, ich ... meine: Ein Wunder ist es schon! Also gut, Gisi, du hast gewonnen ... und wir haben ... verloren! Gratuliere!«

»Dann musst du sie aber auch persönlich hinfahren nach Frankfurt und wieder abholen! Anders geht es nicht!«, verlangt Gisis Mutter und ihr Vater willigt gutmütig ein.

»Okay, okay, mach ich!«

Wenig später liegen sich alle in den Armen: Mama, Papa, Taco und Gisi und die ganze Bärenbande. Molly und Alfons, Pu und Hugo Hubert Hubbsie, alle, einfach alle. Sogar Eugenie Marie Stümmelchen hat es geschafft, schmatzend auf Oliver Quetschmauls Schnute zu landen.

Endlich ist der Knoten geplatzt. Der Familienfriede wieder hergestellt. Und Gisis Eltern sind wie durch ein Wunder wieder ein kleines Stückchen jünger geworden. So locker waren sie jedenfalls schon lange nicht mehr.

Am Abend allerdings zieht Gisis Vater beim Gute-Nacht-Kuss doch noch mal die Stirn kraus: »Weißt du, Gisi, dass man Gewehr neuerdings nicht mehr mit ä schreibt, liegt vielleicht an der neuen Rechtschreibung, oder? Aber rätselhaft ist es doch irgendwie, dass diese Firma das gleiche Wasserzeichen wie mein Briefpapier hat, dass der Juni in Köln 31 Tage dauert und dass C, G und T ihre Briefe ausgerechnet in Baden-Baden zur Post bringen ... Merkwürdig – findest du nicht?«

Doch Gisis Gesicht ist bereits völlig unter der Bettdecke verschwunden. »Hehhehheh!«, stupst sie ihr Vater durch die Decke hindurch. »Was meinst du, ob ich dem mal nachgehen sollte?«

»Nein, Paps, nein, lieber nicht!« Gisi taucht wieder auf und drückt ihren Vater so fest an sich, dass der kaum noch Luft bekommt.

»Na schön.« Der Vater schmunzelt. »Dafür bin ich wahrscheinlich auch viel zu dumm ... Schlaf gut!«

»Du auch!«

Ein schrecklicher Verdacht
Die Bären bleiben!

Noch am selben Abend holt Gisi ihren Rucksack aus dem Schrank und beginnt zu packen. Nach einer Weile kommt Taco dazu und blickt ihr über die Schulter.
»Was machst du da?«
»Packen!«
»Für das Konzert?«
»Ja, sicher.«
»Und? Was hast du denn im Rucksack drin?«
»Sag ich nicht.«
Gisi schmunzelt. Im Rucksack sind sie natürlich alle versammelt. Ihre Talismänner. Und Talisfrauen. Sie hatte versprochen, alle mitzunehmen, falls es doch noch klappen würde: Molly Pandatchek, Eu-

genie Marie Stümmelchen, Oliver Otto Quetschmaul, Pu den Weltmeister und obendrauf natürlich ihr Riecht-wie-ich-Monster.

Als Taco das sieht, bricht eine Welt in ihm zusammen. Wut, Angst und Entsetzen sind in seinem Gesicht zu lesen.

»Bist du verrückt?«, schreit er. »Das darfst du nicht! Unsere Bären ...«

»Irrtum! Es sind alles nur meine ...«

»Nein! Unsere!« Tacos Blick hat etwas Verzweifeltes. Seine Zornesader schwillt. »Unsere, unsere! Unsere Bären bleiben zu Hause! Sonst passiert was! Du ... du ... du ... gemeines Schwestervieh!!!«

Wütend rennt er aus Gisis Zimmer und schmeißt die Türe zu.

Taco hat einen furchtbaren Verdacht. Es wurde ja schon im Fernsehen gezeigt. Was bei Pop-Konzerten mit Kuscheltieren geschieht. Die kreischenden Mädchen bringen ihre liebsten Teddys als Opfer und schmeißen sie den Ketchupboys vor die Füße. Und am nächsten Tag kommt die Müllabfuhr. Dann werden Berge von Kuscheltieren zusammengefegt, in Container geschaufelt und womöglich wie in England auf der Müllkippe verbrannt.

Taco weiß genau, dass Älfchen eine Trennung niemals überstehen würde. Alfons und Molly sind schließlich Kumpel, Geliebte und vor allem Zwillinge. Gemeinsam sind sie von China aus die ganze Seidenstraße entlang gewandert, durch den Hellespont geschwommen und über die Alpen geklettert ...

Ein Pandabärchenzwillingspärchen auseinander zu reißen wäre fast so schlimm, wie wenn Paps und Mama sich scheiden lassen würden ... Und auch die anderen Bären und Stofftiere gehören doch seit Jahren eng zusammen. Wie eine große Familie.

Abgestürzt

Schützt die Kuscheltiere!

Am nächsten Tag ist Taco verschwunden. Kommt nicht zum Mittag. Kommt nicht zum Abendbrot. Als die Sonne allmählich unterzugehen beginnt, bekommen es die Eltern mit der Angst zu tun. In der Ferne hört man das Martinshorn eines Polizeiautos.

»Mein Gott, es wird doch nichts passiert sein?«

Auch Gisi wird es immer mulmiger. Seit dem Streit hat sie ihn nicht mehr gesehn. Ob das der Grund war?

»Gleich wird es dunkel. Jetzt ruf ich die Polizei an.« Paps greift bereits zum Telefonbuch.

Doch Gisi hat eine Ahnung. »Augenblick mal!«, ruft sie und rennt in ihr Zimmer hoch.

Vielleicht hängt es ja mit ihrem Streit um die Bärenbande zusammen. Sie schnürt ihren Rucksack auf und sieht ihren Verdacht bestätigt: Alle Bären sind weg. Kein Zweifel: Das war Taco! Einzig ihr Riecht-wie-ich hat er zurückgelassen. Dafür aber eine Menge zerknülltes Zeitungspapier hineingestopft. Und dazu einen Zettel: *Schützt die Kuscheltiere! Sonderkommando Wickett W. Warrick, Bärenleibwächter und Retter des amerikanischen Präsidenten.*

»Ich weiß, wo ich ihn finde!«, ruft Gisi ihren Eltern zu. »Keine Bange, ich hol ihn!« Dann schwingt sie sich auf ihr Fahrrad und radelt, so schnell es geht, zum Baumhaus am Fluss.

Als sie es erreicht hat, ist die Strickleiter hochgezogen. Natürlich, da oben hat er sie alle in Sicherheit gebracht, der kleine Muffelmotz.

»Hey, Taco!«, ruft Gisi und schmeißt ein paar Steinchen gegen die Bretter. »Komm wieder heim. Mama macht sich Sorgen!«

»Weg! Verschwinde! Bärenschänderin! Hau ab! Wage es nicht!«

»Bitte, Frieden! Komm, lass die Strickleiter runter, lass uns reden!«

»Tierquälerin!«

»Na gut, ich komm auch so rauf!«

Gisi beginnt sich am untersten Ast emporzuziehen.

»Mörderin! Bleib ja unten!«

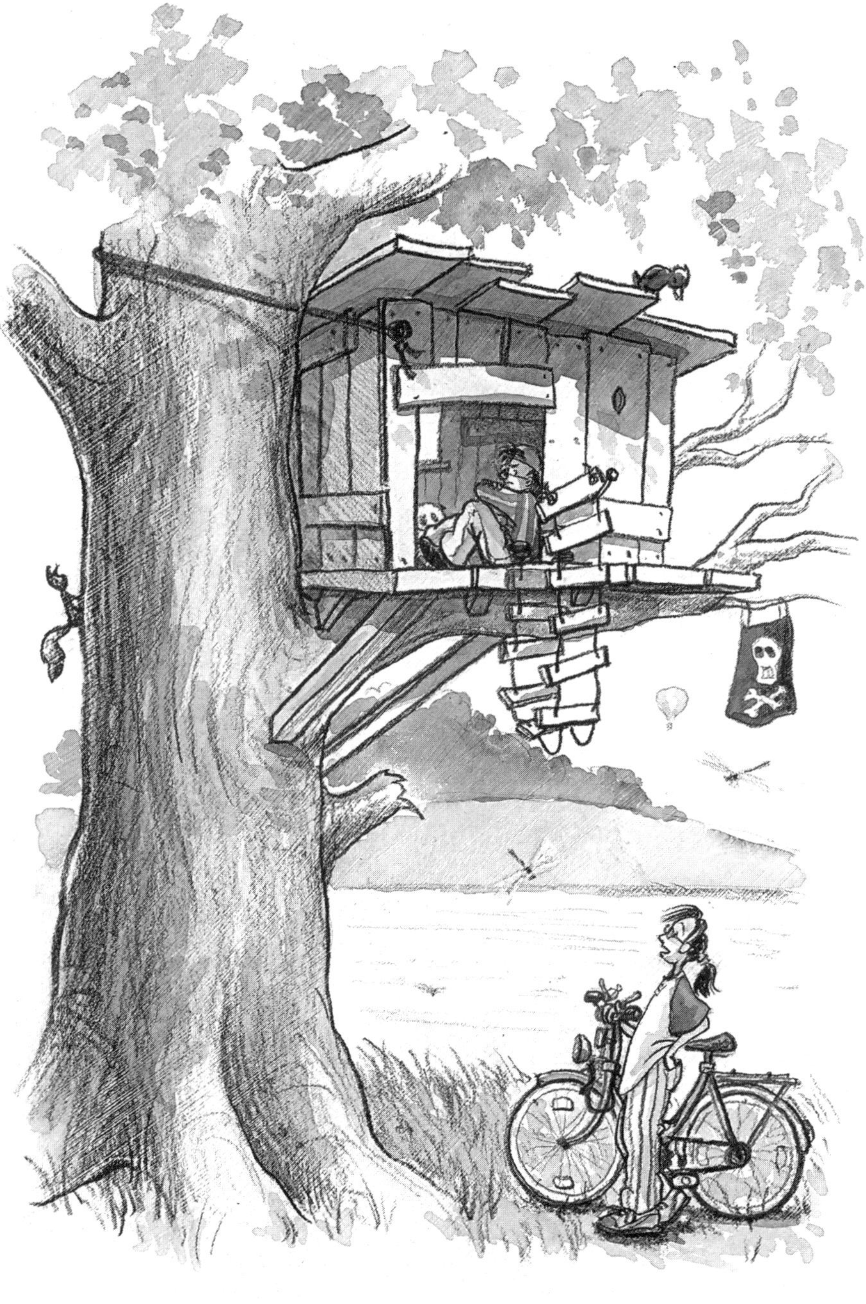

Mit dem linken Fuß findet Gisi Halt an einem abgesägten Aststumpf und kann sich schon eine Etage höher hangeln. Doch dann rutscht sie plötzlich ab, ihre Hand greift ins Leere.

Als Taco den dumpfen Fall hört, lässt er sofort die Strickleiter runter und ist mit ein paar Sätzen auf der Erde.

»Gisi, Gisi, wach auf!«

Doch Gisi liegt starr und rührt sich nicht.

»Das wollte ich nicht, bitte Gisi, nicht tot sein, bitte!« Noch immer liegt sie wie ein Stein im Gras. Und allmählich bekommt Taco es mit der Angst zu tun. »Meinetwegen kannst du sie alle haben und mitnehmen und auf die Bühne schmeißen. Und meine dazu. Nur wach wieder auf! Bittebitte!«

Als Gisi hört, wie schön er bitten kann, schlägt sie die Augen auf.

»Ach, du dummer, blöder Taco. Nie und nimmer hätte ich einen unserer Bären weggeschmissen. Natürlich gehören Molly und Älfchen zusammen, für immer und ewig! Und wir doch auch! Du dummer Dappel, du!«

Der große Tag
Paps muss leider draußen bleiben!

Endlich ist es so weit. Der bislang wichtigste Tag in Gisis Leben. Heute wird sie Ben sehen. Und hören. Live.

Der Vater fährt Gisi nach Frankfurt. Frankfurt, Bankfurt, Stankfurt, Krankfurt. Das Lästern kann er sich natürlich selbst jetzt nicht verkneifen.

»Wenn sie tatsächlich so gut singen, deine Ketchupboys, warum kreischt ihr dann immer so laut, dass man überhaupt nichts mehr hört?«

Solche dummen Fragen überhört Gisi einfach. Das kennt sie. Er will sie wieder mal auf hundertachtzig bringen.

»Weißt du, Gisi, zu meiner Zeit, die Beatles, die Stones – das war damals wenigstens noch echte Musik. Keine Elektronik. Kein Playback. Keine Computer.«

Aber Gisi bleibt cool. Sie lässt sich nicht provozieren, sondern schiebt einfach eine Kassette ins Autoradio.

»Ooooh Paps. Keine Peilung! Du musst dich natürlich erst mal reinhören.«

Eine Weile scheint er zuzuhören. Doch dann verzieht er gequält die Mundwinkel. »Ich weiß nicht. Presslufthämmer und Kreissägen klingen auch nicht schlechter.«

Zum Glück steigen Anja und Carsten wenig später mit in den Wagen ein. Da wagt Paps solche Unverschämtheiten nicht mehr.

Vor dem Frankfurter Messegelände lässt er Gisi, Carsten und Anja aussteigen. Dort verabreden sie auch gleich den Treffpunkt für die Rückfahrt.

Aus allen Richtungen strömen die Fans zusammen. Tausende, Tausende, Tausende. Die meisten sind Mädchen zwischen acht und sechzehn. Ein paar kleinere haben sogar ihre Mütter dabei. Oder sitzen auf den Schultern ihrer Väter.

Die Ketchup-Fan-Clique aus ihrer Schule steht ganz in der Nähe. Sogar eine Sportlehrerin ist mitgekommen. Nicht als Aufpasserin, wie Frau Karsunke immer wieder betont, sondern als Fan! Wie alle anderen trägt sie eine Ketchup-Mütze und ein T-Shirt mit Bügelbild.

Es ist eine Wahnsinnsstimmung. Einige singen die Lieder der Boys auswendig und tanzen dazu. Andere üben Kreischen und spitze Schreie. Ein Clown jongliert mit fünf Teddybären gleichzeitig. Überall vor dem Messegelände sind Stände mit Fanartikeln. Da könnte man sogar nagelneue Kuscheltiere kaufen, um sie auf die Bühne zu werfen. Doch Gisi hat Taco ja feierlich geschworen, nicht mit Bären zu werfen. Ben würde das sicher verstehen.

Gisi hat das Gefühl, dass ihr Vater jetzt doch gerne dabei wäre. Ein wenig traurig guckt er schon. Doch er ist wirklich viel zu alt dafür.

»Nichts zu machen, Paps, du musst leider draußen bleiben!« Gisi lacht und gibt ihm zum Abschied einen dicken Kuss.

Selbst Carsten zeigt Mitleid: »Keine Bange, Schwiegerpapa, ich pass schon auf sie auf!«, sagt er und grinst.

Schwiegerpapa! Manchmal ist Carsten ja wirklich ganz schön frech. Und fast so süß wie Ben.

Inhalt

365 Gewinnchancen
Das Leben ist rätselhaft! 7

Ben und die Boys
Gisi, such dir einen aus! 12

Der Fanclub wächst
Bären für die Ketchupboys! 21

Karaoke
Hier sind die Ketchupgirls! 27

Männer!!!
... aber dann knall ich ihm eine! 36

Eltern und andere Grufties
Dafür bist du noch zu jung! 40

Hasserfüllte Liebesbriefe
Du musst doch nicht rot werden! 46

Zapzapzapzapzap
Das geht dich noch überhaupt nichts an! 51

Allererste Liebe
Pamperspo im Liebeswahn! 58

Kleiner blöder Bruder gesucht
Du solltest doch aufpassen! 64

Allerletzte Liebe
Ben ist süß! 70

Voll erwischt
Man sollte die Polizei holen! 75

Stinkesauer
Nichts geht mehr! 83

Die allerletzte Chance
Dein Geburtstag ist heut! 86

Gisi trägt Schwarz
Carsten hat eine Idee! 94

Bußgeld für schlecht erzogene Eltern
Sagtmannicht sagt man nicht! 102

Das Einschreiben
Hau... Hau... Hauptgewinn! 108

Ein schrecklicher Verdacht
Die Bären bleiben! 114

Abgestürzt
Schützt die Kuscheltiere! 117

Der große Tag
Paps muss leider draußen bleiben! 121

ELEFANTEN PRESS Kinderbücher
herausgegeben von Marion Schweizer

Gesetzt nach den Regeln der Rechtschreibreform von 1996
© ELEFANTEN PRESS GmbH 1998
Alle Rechte vorbehalten.
Sämtliche Nachdrucke sowie die Verwertung in elektronischen Medien
und sonstige Verwertungen sind genehmigungspflichtig.
Umschlagillustration: Silvio Neuendorf
Umschlaggestaltung: Ulrike Selders
Gestaltung, Satz, Lithographie: Agentur Marina Siegemund
Druck und Bindung: Westermann Druck Zwickau

1. Auflage 1998
ISBN 3-88520-696-X

ELEFANTEN PRESS
Am Treptower Park 28–30
D-12435 Berlin